「專利口訣」教學法，學好英語發音第一名教材

基礎英語必修

修訂二版

KK音標‧自然發音
同步速成

人氣名師　王忠義　著

推薦給您最棒的英語發音教材

　　本公司為專業出版語言叢書的出版社，目前已出版日語、韓語、法語、西語、英語等系列的外國語言書籍，備受讀者肯定。

　　《基礎英語必修　KK音標・自然發音同步速成》是公司首次出版的英語教材，所以格外慎重。王老師的發音教材有學理依據又好學好記，相信是可以嘉惠讀者的好教材，非常值得出版。

　　公司出版王老師《基礎英語必修　KK音標・自然發音同步速成》，是希望英語學習者能有一本好的發音教材，發揮事半功倍的功效。這本書除了KK音標教學外，還有自然發音的學習法，王老師以KK音標為主，自然發音為輔，用最輕鬆、有效率的方式，讓讀者一次同步學會！

　　這本書不只適合英語新手，更適合已經學習英語很久，但一直為發音所苦的讀者。相信王老師三十年的教學經驗，化成書面以及MP3有聲教學，必能讓讀者在很短時間內，就可打好英語發音的基礎！

繽紛外語編輯小組

期盼代代學子因本書而受益

　　這是個眼睜睜的事實，國中、高中或科技大學教師不斷反應：我們的學生因為不會KK音標拼音，看到英語生字不會拼唸，只好用自然發音（看字母讀音）猜著唸，或用國語注音符號注音，或靠電子字典。單字背唸不來，英語讀不下去，有的討厭英語，有的小小年紀就棄學英語。這不但發生在雙峰現象最嚴重的鄉下、偏遠地區，同樣也出現在台北東區高級住宅區。筆者當下住在台北市西南區的萬華，就有學生從東區光復南路、敦化北路搭一個小時公車來；也有科技大學學生遠從台中、嘉義搭幾個小時火車來，為的只是希望筆者教會他們KK音標拼音，解決單字拼唸的學習困境。

　　事實上，我們家長已經覺醒，坊間只重自然發音，漠視KK音標的教學，是錯誤的，它誤了很多的學生。明智的家長此刻苦惱的已不再是該不該學KK音標，而是哪裡可以找到KK音標教學專家，哪裡可以買到好學好記的KK音標書籍。

　　筆者言述及此，並不是說自然發音不重要，而是強調，在台灣KK音標真的是拼音的必備工具，如果能學會KK音標，自己能拼出任何老師都沒教過的英語生字，才稱得上真正擁有「發音能力」，家長才放心。

　　筆者曾教過二位日本來台留學的朋友，當他們學會KK音標，會拼音，真是喜出望外。筆者也教過一位剛移居美國半年，回家省親的14歲少年，他說他初到美國時，每逢不會唸的英語生字就必須問同學

（美國人），心中一直很鬱悶。現在，他學會了KK音標拼音，碰到不會唸的生字可以查字典看音標拼出音，就不必再問別人了。可見KK音標之使用是不分國界的。

話說自然發音，也就是看字母讀音，就算是美國人也會因看字母讀音而唸出錯別字，況且在台灣的我們。所以筆者將自然發音定位是發音的輔助工具，也是可以幫助單字背記的工具，學會自然發音，知道哪些字母發什麼音，不但可以幫助單字的發音，單字也較容易背記下來。本書自然發音的教學，不但有口訣教學生很快記熟哪些字母常發什麼音，而且講解得非常詳細，就算是進口的洋教材也比不上。

筆者是一位默默在民間從事英語教學30餘年的教育工作者。1951年5月19日生，血型A型、金牛座，有股牛脾氣，每當學生學習遇到瓶頸時，常徹夜不眠研究能讓學生最好學最好記的方法。

筆者沒有碩博士學歷，沒有教授頭銜，但是聽過筆者演講KK音標、自然發音、單字片語教學法的英語教師至少千人以上。這些教師很多是留美歸國或台師大畢業的高材生，只因為他們平常就非常用心在了解學生的需要，凡是有利於學生的教學法，他們都願意委屈身段，付出時間和金錢去研習。藉此機會筆者深深一鞠躬向這些偉大的教師們說：「老師，我敬佩您。」

同時，筆者更要向30餘年教書生涯，參加面授班的學生及家長表示深深的感謝，因為您們，筆者才有機會在教學相長之中，體會、研究出最好的教學法，您們才是成就本書的最大功臣。

本書編著兼顧實用性與學術性，筆者雖力求完善，仍難免有不足之處，歡迎各界先進賜教。蓋吾等之所作所為，皆為了提供代代子孫一個最完美的學習。

　　本書於2011年3月初版，已被公認是英語發音教材的標竿、經典之作。很多讀者，包括學生、家長和老師來電讚美和鼓勵，也有學校來電邀請我去演講，並指導如何排課，因為學校決定採用本書當發音教材。本書的「好學好記」及「合乎學理的教學」能受到各界如此的肯定令我非常感動，我衷心期望本書從今年的修訂二版起，能更快普及於各地，尤其是鄉下和偏遠地區，幫助更多學生很快學會英語發音，重燃對英語的學習興趣，不再因為不會發音而棄學英語，本書的出版與陸續的修訂版才更具有意義。

　　本書的出版是為各位做服務的。不論您是只買一本書的學生或成人；不論您是採用本書當教材的補習班、學校或愛心課輔基金會；不論您是身在城市或在山上、海邊，只要您有任何問題歡迎來電0911-061-610，0967-079-019我時時刻刻都會滿懷熱忱為您解說、服務。

王忠義

2019年05月於台北市萬華・東園

如何使用本書

Step1 學會KK音標，真簡單！

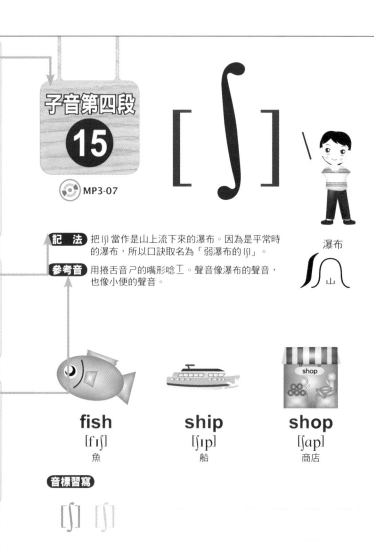

KK音標分段口訣

KK音標分成「子音六段口訣」、「母音七段口訣」，在學習前，清楚接下來的學習內容，可以更安心學習！

記法

獨門KK音標記法說明，記住就不會忘！

參考音

用你熟悉的注音符號，解說音標發音，學習效果更佳！

子音第四段
15

MP3-07

[ʃ]

瀑布

記 法 把[ʃ]當作是山上流下來的瀑布。因為是平常時的瀑布，所以口訣取名為「弱瀑布的[ʃ]」。

參考音 用捲舌音ㄕ的嘴形唸ㄒ。聲音像瀑布的聲音，也像小便的聲音。

fish
[fɪʃ]
魚

ship
[ʃɪp]
船

shop
[ʃap]
商店

音標習寫

[ʃ] [ʃ]

子音第四段 16

MP3-07

$[t\int]$

瀑布
$t\int$ 山

MP3序號

情境式教學MP3，聽音檔如聽老師親自面授般親切、有效率！

記法 弱瀑布 [ʃ] 加上 [t] 變成 [tʃ]，二個音合起來比較強，所以口訣取名為「強瀑布的 [tʃ]」。

參考音 用捲舌音ㄔ的嘴形唸ㄑ（氣音）

注意 看到音標 [tʃ] 時，可以把 [t] 當作國字「五六七」的「七」，就可以立即想到 [tʃ] 的大概發音。

音標示意圖

獨門KK音標示意圖，加強記憶！

chair
[tʃɛr]
椅子

church
[tʃɝtʃ]
教堂

cheese
[tʃiz]
乳酪

代表單字

用簡單常用的生活單字，搭配可愛的插圖，KK音標與實用單字同時學起來！

音標習寫

$[t\int]$ $[t\int]$

音標習寫

學會KK音標搭配習寫，做到完整學習！

五 KK音標測驗表

以下KK音標測驗表，學生可以做自我測試，教師家長亦可以測驗學生。

NO.	音標	提　示	會唸打✔					
1	[b]	b的…						
2	[ʃ]	弱瀑布的…						
3	[g]	哥哥的…						
4	[f]	f的…						
5	[m]	m的…						
6	[ŋ]	便便音的…						
7	[w]	w的…						
8	[ð]	舌出聲的…						
9	[o]	o的…						
10	[ɑ]	拉丁文abcd的…						
11	[ɪ]	I的…						
12	[d]	d的…						
13	[k]	k的…						
14	[ɛ]	拉丁文短音的…						
15	[l]	l的…						
16	[n]	n的…						
17	[tʃ]	強瀑布的…						
18	[u]	u的…						
19	[ʒ]	弱河流的…						
20	[ɔ]	[o]的…						
21	[dʒ]	強河流的…						
22	[θ]	舌出氣的…						
23	[e]	拉丁文abcde的…						
24	[t]	t的…						
25	[h]	內有厂的…						

KK音標測驗表

仔細聽MP3的內容，循著KK音標練習表的提示反覆練習口訣，讓KK音標可以如同反射動作般直接反應。此測驗表是學生自我測試、教師測驗學生的好工具。

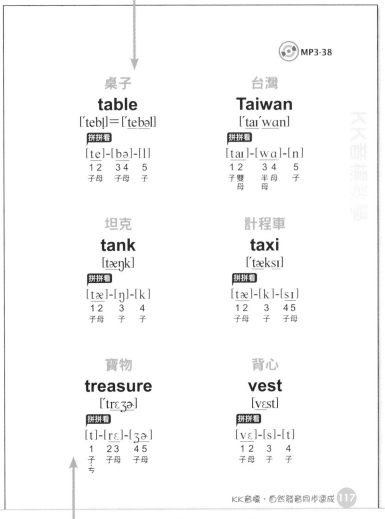

MP3-38

桌子
table
['tebļ]＝['tebəl]

拼拼看
[te]-[bə]-[l]
1 2　3 4　5
子母　子母　子

台灣
Taiwan
['taɪˌwɑn]

拼拼看
[taɪ]-[wɑ]-[n]
1 2　3 4　5
子雙　半母　子
　母　　母

坦克
tank
[tæŋk]

拼拼看
[tæ]-[ŋ]-[k]
1 2　3　4
子母　子　子

計程車
taxi
['tæksɪ]

拼拼看
[tæ]-[k]-[sɪ]
1 2　3　4 5
子母　子　子母

寶物
treasure
['trɛʒə˞]

拼拼看
[t]-[rɛ]-[ʒə˞]
1　2 3　4 5
子　子母　子母
ㄘ

背心
vest
[vɛst]

拼拼看
[vɛ]-[s]-[t]
1 2　3　4
子母　子　子

作者活用120個生活常用單字，運用「KK音標拼音配對規則」解說，讓你立即掌握KK音標拼音訣竅，即使初學者，看到再長的英語單字也不會再害怕，能輕鬆將發音規則融會貫通，發揮以一抵十的拼唸功力！

Step2 學會自然發音，真容易！

自然發音分段口訣

自然發音口訣共分成：子音八段口訣、母音八段口訣，條列清晰，讀者易懂！

示範字

每段自然發音口訣都有數個示範字，附上詳盡的解說，馬上練習，也馬上學會！

自然發音基本口訣分段學習

1. 子音口訣（1） MP3-45

b唸 [b]　c唸 [k]　ce的c唸 [s]　ci的c唸 [s]
cy的c唸 [s]　ch唸 [tʃ]

示範字

（1）鳥　**bird** [bɝd] b唸 [b]

（2）貓　**cat** [kæt] c唸 [k]

（3）好的　**nice** [naɪs] ce的c唸 [s]（ce的e在字尾常不發音）

（4）鉛筆　**pencil** [ˈpɛnsl] ci的c唸 [s]

（5）腳踏車　**bicycle** [ˈbaɪsɪkl] cy的c唸 [s]

（6）椅子　**chair** [tʃɛr] ch唸 [tʃ]

128 基礎英語必修

例外字

上述口訣和示範字是常見的發音規則，下列的則是例外的發音。切記，看字母發音例外的很多，最保險、不會唸錯的辦法還是要查字典，用音標拼音。自然發音的規則、口訣，則是供我們了解每個字裡字母的發音結構，以便於唸背單字。

譬如：

（1）感激 appreciate [əˈpriʃɪˌet]　ci的c是唸 [ʃ]，不是唸 [s]

（2）可口的 delicious [dɪˈlɪʃəs]　ci合唸 [ʃ]（c不是單獨唸 [s]）

（3）學校 school [skul]　ch的h不發音，只有c發音，唸 [k]

（4）聖誕節 Christmas [ˈkrɪsməs]　ch的h不發音，只有c發音，唸 [k]（t也不發音）

（5）芝加哥（美國城市）Chicago [ʃɪˈkago]　ch唸 [ʃ] 不是唸 [tʃ]

b唸 [　]　c唸 [　]　ce的c唸 [　]　ci的c唸 [　]

cy的c唸 [　]　ch唸 [　]

自然發音教學

例外字

特別列出自然發音的例外字，讓你運用自然發音規則時，也了解其他可能狀況！

牛刀小試

每段口訣結束前，千萬別忘了挑戰牛刀小試，確定自己已熟悉口訣！

目 錄

編者的話　　　　　　　　　　　　　　　　　　　002

作者序　　　　　　　　　　　　　　　　　　　　003

如何使用本書　　　　　　　　　　　　　　　　　006

第一部分
KK音標教學　　　　　　　　　　015

導論：懇請您重視KK音標並慎選教材　　016

一、音標是什麼？　　　　　　　　　　022

二、KK音標口訣　　　　　　　　　　　026

   1. 子音六段口訣

   2. 母音七段口訣

   3. 常見雙母音、複合音口訣

三、KK音標分段學習　　　　　　　　　030

   1. 子音（六段）

   2. 母音（七段）

   3. 常見雙母音、複合音

四、KK音標分類整理　　　　　　　　　089

   1. 子音有8對相對音

   2. 相對音的用途

   3. 音標分類

五、**KK**音標測驗表 094

六、**KK**音標拼音練習 096

PART 2 第二部分
自然發音教學 **123**

導論：學會自然發音，更增強單字唸背功力 124

一、自然發音基本口訣 126

二、自然發音基本口訣分段學習 128

如何掃描 QR Code 下載音檔

1. 以手機內建的相機或是掃描 QR Code 的 App 掃描封面的 QR Code。
2. 點選「雲端硬碟」的連結之後，進入音檔清單畫面，接著點選畫面右上角的「三個點」。
3. 點選「新增至「已加星號」專區」一欄，星星即會變成黃色或黑色，代表加入成功。
4. 開啟電腦，打開您的「雲端硬碟」網頁，點選左側欄位的「已加星號」。
5. 選擇該音檔資料夾，點滑鼠右鍵，選擇「下載」，即可將音檔存入電腦。

PART 1

第一部分
KK音標教學

導論：懇請您重視KK音標並慎選教材

一、音標是什麼？

二、KK音標口訣

    1. 子音六段口訣

    2. 母音七段口訣

    3. 常見雙母音、複合音口訣

三、KK音標分類學習

    1. 子音（六段）

    2. 母音（七段）

    3. 常見雙母音、複合音

四、KK音標分類整理

    1. 子音有8對相對音

    2. 相對音的用途

    3. 音標分類整理

五、KK音標測驗表

六、KK音標拼音練習

KK音標是非常實用的英語生字拼音工具

回溯台灣的英語教學史，長期以來KK音標一直是台灣學子學英語賴以發音的主要工具，就如同國語注音符號可以讓我們拼唸出國字。

話說最初台灣引進KK音標的過程是：國內字典編者將國際語言學會（IPA）核可的每個英語字的KK音標（譬如：書book [bʊk]）編入字典，但是對於每個音標的發音只做大略的解說（譬如：[b]音近國語注音ㄅ），沒有注記標準發音。而有些國內出版社為了服務讀者需求，推出的KK音標書籍，對於每個音標的發音也都只用畫嘴喉的圖或含糊文字說明音標發音，沒有標準發音，沒有學理說明，更沒有教記法、拼音法，導致老師難教不想教、學生難學不想學。

從1980年代開始，當標榜「自自然然學會英語」的教學系統進入台灣，因為傳統舊式的KK音標教學，發音沒有標準，加上不好學又不好記，早被老師們所詬病，自然發音教學系統順勢取代KK音標，成了主流。

只是這些年來，太多的國中生因為不會KK音標，碰到英語生字只能用自然發音亂猜亂唸，單字唸背不來，英語根本讀不下去。老師、家長已體認出：在台灣學英語仍是有必要學會KK音

標，碰到任何英語生字，自己可以查字典，用音標拼出英語字的發音；在台灣，KK音標仍是不可或缺的英語拼音工具。

所以我們在各大書局裡，依然可以看到數十種版本的KK音標熱賣，包括賴世雄、徐薇、劉毅……補教名師的著作，劉毅老師甚至在刊登廣告時，還以「救人的KK音標」做標題，強調KK音標的重要。另外，坊間很多以「自然發音」為號召的兒童英語補習班，也為了因應學生上國中、高中所需及家長的要求，加開KK音標課程，因為上了國中、高中，英語生字很多，若學會KK音標，就算老師沒教，自己也能唸出來，家長才放心。

可見KK音標的必要性，在台灣是受到各界肯定的，是人人希望能學會的。問題只在，我們需要一套有系統、有學理根據，而且好學好記的KK音標教學，才能廣被老師和學生們所接受、採用。

改革傳統舊式KK音標教學缺點

筆者深知問題所在，潛心研究KK音標教學多年，改革傳統舊式KK音標教學的缺點，使老師好教、願意教，學生好學、樂意學。就算是自學的讀者，也能藉由本書KK音標教學詳盡的說明以及跟著MP3複誦而自學成功。期盼更多的學生都能很快學會

KK音標，能拼唸英語單字，英語已然立於不敗之地、奠定成功之基。

順此，筆者也懇請政府重視，這每年至少影響數十萬國一新生拼唸單字能力的KK音標教學。教學法如同醫藥，好的教學法可以助人，不好的教學法會誤人。本書是否值得採用，如果您曾參考過坊間傳統舊式教法的教材，相信必可立見分明。

以音標 [f] 的教學做比較：

（1）坊間舊式音標教學法：（以下摘自北北基推薦本佳音版 2010年8月出版國一上自修第114頁）
音標 [f] 為無聲子音。發音方式是下唇貼近上唇，使氣息從唇與齒縫處發出，產生一種摩擦音，呼氣強而不振動聲帶。此音接近國語注音的ㄈ音。

（2）本書作者王老師教法：
音標 [f] 就是唸字母f的尾音（氣音）

註 唸出字母f就可唸出音標 [f]，好學好記，而且符合自然發音的學理，學會了 KK音標 [f]，也同時學會字母f的自然發音，譬如：五five [faɪv]。

樹立KK音標標準發音，
供教師教學參考，學生學習有依歸

這是非常嚴肅的話題。

在台灣，坊間出版的字典或KK音標書籍（光碟）對於KK音標的發音說明都很含糊，缺乏學理根據的發音說明，教師無所適從，學生無從學習。

尤其嚴重的是，坊間正流行著一種不正確的KK音標教學，在誤導我們的學子。那是筆者之前曾到台北市東區一家美語補習班演講KK音標，該班主任告訴筆者，目前很多補習班採用一位美籍人士錄音的KK音標教學，一按就有音標發音。筆者聽過後告訴班主任有很多發音不正確（因為錯的發音很難用文字說明，筆者於本書的教學音檔中有錄音說明）。

也許很多人都會懷疑，筆者為什麼可以挑戰美籍人士的發音標準。問題就在於，美籍人士是不會KK音標的。那個電腦錄音是由國內某位老師唸音標發音給美籍人士聽，再由美籍人士錄音。國內的那位老師唸不正確，美籍人士也跟著唸不正確。這是完全商業性的出版品，不是真正教學的責任出版。我們雖不能責怪，卻要正視。

因為嚴重的是，很多人以為是美籍人士發音就是標準發音而被誤導，代代相傳，影響所及既深且廣。筆者懇請英語教師先進

惠予協助,改正上述不正確的發音,莫讓台灣學子被誤導。一個音標(基本音)唸不正確,將會影響他一生所唸的單字發音。

有人把我們唸英語單字發音不像美國人,說是台灣「人」或「地區」的問題,這是不對的,那是因為我們沒有把基本音唸對。如果我們唸英語句子的腔調不像美國人,那才是我們因為沒有美語的環境所造成,就像我們講的國語腔調和中國大陸北京當地人講的不同,相同道理。

本書KK音標教學特點:

(1)樹立KK音標的標準音,供教師教學參考,學生學習有依歸。

(2)全面改革台灣幾十年來舊式音標含糊不清的教學法,提供有學理、好學好記的方法,老師百倍好教、學生百倍好學。

(3)每一個音標都有教唸法和記法,不論大人、小孩都可輕輕鬆鬆、快快樂樂學會。

(4)獨創音標口訣,從字母A到Z,從子音到母音,有順序、有學理,可一氣呵成唸完全部音標。

（5）是全國唯一符合自然發音學理的KK音標教學，可同步學會音標和自然發音，一舉兩得，打好英語發音基礎。

譬如：音標 [m] 是唸字母m的尾音，不但學會音標 [m]，也唸出了字母m的自然發音。

（6）筆者面授班學生也有家長帶幼稚園、小一小二學生來學，他們來學習的目的不是為了拼音，而是學習美音的標準基本音（也就是正音），而且順便學會一些字母的自然發音（譬如m的尾音 [m] 就是字母m的自然發音）。

（7）至於中年級以上學生則可以很快學會標音及標音方法，自己可以拼出英語字的發音。

（8）本書之音標口訣及發音記法解說，都受著作權保障，坊間任何教材都學不到。

一 音標是什麼？

在進入學習之前，我們先了解音標是什麼。

1. 音標就是組成「英語字發音」的基本音和符號，每一個基本音都有一種符號做代表（一音一符）。

   譬如：蜜蜂bee [bi] 的發音是由音標 [b] 和 [i] 所組成。

   如同在台灣，國語注音符號也是組成「中文字發音」的基本音。

   譬如：國字「必ㄅㄧˋ」是由注音符號ㄅ和ㄧ所組成。

   所以，國語注音符號和音標都是一種「字」的基本音和符號。

   國語注音符號流行於台灣，音標則流行於全世界。

2. Jones音標是由英國語言學家Jones根據英音所創編，又名「英音國際音標」；KK音標是由美國語言學家Kenyon和Knott根據美音所創編，又名「美音國際音標」，都是國際語言學會（IPA）認可的國際通用音標，很多國家都拿來標註自己國家的文字發音，讓全世界的人方便學習該國語言。所以Jones音標或KK音標，並非只用來標記英語字的發音，德文、法文、西班牙文、義大利文……也都用此標記發音（英國人及美國人因為音標源自於他們自己的語言系統，所以直接用「自然發音」，沒學音標，只有在大學研究所開設有音標課程）。

3. 目前，在中國大陸出版的英語字典及單字書是用Jones音標註

記，而台灣早期是以Jones音標來註記，後來我們流行「美語」，所以現在的英語單字書、英語教科書單字都改用KK音標註記。

4. 以歷史先後而言，Jones音標在先，KK音標是改編Jones音標而來，兩者發音一是英音、一是美音，符號也有些不同，譬如Jones音標的 [iː]（一、），KK音標改為 [i]（也唸一、）。依筆者的研究見解，以符號而言，KK音標比較好學好記，譬如KK音標的 [i]（一、）就是唸字母i的尾音一（長音），音標 [i]與字母i容易聯想在一起，而Jones音標則註記成 [iː]，和字母i有些許不同，較不易聯想在一起。

5. 不論Jones音標或KK音標都要加括弧 [ ]，那是因為音標和英語字母很多符號相同，需要加 [ ] 加以區別，譬如b是字母，[b]是音標。

6. KK音標分為：（1）子音（2）母音（3）半母音（4）雙母音。現在以最淺顯的方式解說如下：

（1）KK音標的子音是「只能拼人，不能被拼」的音。

譬如：蜜蜂bee [bi] [b] 是子音，能拼母音 [i]

和國語ㄅ、一樣，「ㄅ」是子音，能拼母音「一」

（2）KK音標的母音是「只能被拼，不能拼人」的音。

譬如：蜜蜂bee[bi] [i]是母音，能被子音 [b] 拼

和國語ㄅ、一樣，「一」是母音，能被子音「ㄅ」拼

（3）KK音標的半母音則是能拼母音也能被子音拼的音，可以結合2個音，變成另一種音，增加文字，便於人類溝通之用。KK音標有2個半母音：一音班的 [j] 和ㄨ音班的 [w]。很巧，國語注音符號也有2個半母音「一」和「ㄨ」，所以就以「一」和「ㄨ」來解說半母音。

譬如：

ㄐ一ㄚ 中間的「一」就是半母音，「一」可以被子音「ㄐ」拼（ㄐ一），也可以拼母音「ㄚ」（一ㄚ），有了半母音「一」，就可拼出另一種音ㄐ一ㄚ，譬如「家」、「加」……，增加很多字供人們溝通之用。

中間的「ㄨ」就是半母音，「ㄨ」可以被子音「ㄍ」拼（ㄍㄨ），也可以拼母音「ㄛ」（ㄨㄛ），有了半母音「ㄨ」，就可拼出另一種音ㄍㄨㄛ，譬如「鍋」、「郭」……，增加很多字供人們溝通之用。

（4）KK音標的雙母音共有 [e] [o] [aɪ] [aʊ] [ɔɪ] [ɔr] 6個，其中 [e] 是由「ㄟ」和「一」2個音合成；[o] 是由「ㄡ」和「ㄨ」2個音合成，所以列為雙母音。當您碰到以上雙母音時，音要唸得緊一點、重一點，這是雙母音最大的特點。也是KK音標增列雙母音的原因。

⊜ KK音標口訣

了解了什麼是音標之後，我們進入KK音標教學。

KK音標教學分成三部分：子音22個、母音16個與3個常見的雙母音及複合音。本書將音標編成口訣，從A到Z，一氣呵成唸完音標，非常好學好記。

子音是「只能拼人，不能被拼」的音，分為氣音和有聲音。譬如：[s] 是氣音，[b] 是有聲音；母音是「只能被拼，不能拼人」的音，分為長音和短音。譬如：[i] 是長音，[ɪ] 是短音；半母音則是能拼母音也能被子音拼的音，KK音標有2個半母音：一音班的 [j] 和Ｘ音班的 [w]。以國語作比喻：ㄅ、的「ㄅ」是子音，「ㄧ」是母音；ㄐㄚ的「ㄧ」是半母音。

請注意：有編號及括弧的才是音標，譬如 ❶[b] ❷[d] 才是音標。

1. 子音六段口訣（共22個音標） MP3-01

第一段 a b b❶[b] c d d❷[d]
  e f❸[f] ghij k k❹[k]

第二段 l的 ❺[l]拼音ㄌ m的 ❻[m]拼音ㄇ
  n的 ❼[n]拼音ㄋ 便便音的 ❽[ŋ]

第三段	**o** **p** **p**[9][p] **q** **r**的[10][r]
	s的[11][s] **t**的[12][t]
	u **v**的[13][v] **wxy** **z**的[14][z]

| 第四段 | 弱瀑布的[15][ʃ] 強瀑布的[16][tʃ] |
| | 弱河流的[17][ʒ] 強河流的[18][dʒ] |

| 第五段 | 舌出氣的[19][θ] 舌出聲的[20][ð] |

| 第六段 | 哥哥的[21][g] 內有厂的[22][h] |

2. 母音七段口訣（共16個音標）

（其中 [o] 和 [e] 是雙母音，[j] 和 [w] 是半母音） MP3-02

第一段 **ㄡ音班**	**o**的 ㉓[o]　　**o**的 ㉔[ɔ]
第二段 **ㄨ音班**	**u**的 ㉕[u]　　**U**的 ㉖[ʊ]　　**w**的 ㉗[w]
第三段 **一音班**	**i**的 ㉘[i]　　**I**的 ㉙[ɪ]　　**j**的 ㉚[j]
第四段 **儿音班**	**3**加尾的 ㉛[ɝ]　　**ə**加尾的 ㉜[ɚ]
第五段 **插班生**	[ə][e]的 ㉝[æ]　　鵝在游泳的 ㉞[ə]
第六段 **拉丁文ㄟ音班**	**abcde**的 ㉟[e]　　短音的 ㊱[ɛ]
第七段 **拉丁文ㄚ音班**	**abcd**的 ㊲[ɑ]　　金字塔的 ㊳[ʌ]

3. 常見雙母音、複合音口訣 🔊 MP3-02

雙母音 ^㊴[aɪ] ^㊵[aʊ]　複合音 ^㊶[ju]

🈡 [aɪ] [aʊ] 傳統教學稱為「雙母音」，[ju] 的 [j] 是半母音，所以 [ju] 不能稱為雙母音，筆者自創新名詞，將 [ju] 稱為複合音。

🈡 因為 [aɪ] [aʊ] [ju] 在音標拼音時常被使用，特別增列於音標口訣中，以利拼音練習之用。注意：[ju] 若唸短音則註成 [jʊ]。

🈡 KK音標的雙母音共有 [e] [o] [aɪ] [aʊ] [ɔɪ] [ɔr] 6個，其中 [e]、[o]、[aɪ]、[aʊ] 已列入教學。其他雙母音 [ɔɪ] [ɔr]，只要會唸 [ɔ] [ɪ] [r] 就會唸，本段口訣不再列出。

🈡 雙母音的特性是音要唸得緊一點、重一點。

子音、母音全部口訣 🔊 MP3-03

請跟著MP3，熟記P.26～P.29的KK音標。

三、KK音標分段學習

1.子音（六段）

子音第一段

子音第一段口訣：

a bb**[1]** [b]   c dd**[2]** [d]

e f**[3]** [f]   ghij kk**[4]** [k]

註 以字母記音標，唸出字母就可以唸出音標

子音第一段

① [b]

🔵 MP3-04

記　法 唸字母b的前音。口訣：a bb [b]。

參考音 ㄅ、的ㄅ（輕音）

bird
[bɝd]
鳥

beach
[bitʃ]
海灘

bolt
[bolt]
閃電

音標習寫

[b] [b]

子音第一段 **2**

MP3-04

[d]

記　法 唸字母d的前音。口訣：a　bb [b]　c　dd [d]。

參考音 ㄅ、的ㄉ（輕音）

注　意 d若在r前要改唸ㄗ

　　　　請唸口訣：d在r前改唸ㄗ

salad
[ˈsæləd]
沙拉

sandwich
[ˈsændwɪtʃ]
三明治

drinks
[drɪŋks]
飲料

註 [d] 唸ㄗ

音標習寫

[d]　[d]

註 sandwich [ˈsændwɪtʃ] 的「ˈ」代表重音，[ˈsæ] 拼出來的音要唸重一點。

子音第一段

3

[f]

MP3-04

記　法 唸字母f的尾音（氣）。口訣：a bb [b] c dd [d] e f [f]。

參考音 夫（氣音）

knife
[naɪf]
刀子

tofu
[ˈtoˈfu]
豆腐

coffee
[ˈkɔfɪ]
咖啡

音標習寫

[f] [f]

子音第一段
4

🔘 MP3-04

記　法 唸字母k的前音（氣）。
口訣：a bb [b] c dd [d] e f [f] ghij kk [k]。

參考音 丂、的丂（氣音）

book
[buk]
書

music
['mjuzɪk]
音樂

block
[blak]
街區

音標習寫

[k] [k]

子音第二段

子音第二段口訣：

l的[5] [l] 拼音ㄌ　　m的[6] [m] 拼音ㄇ

n的[7] [n] 拼音ㄋ　便便音的[8] [ŋ]

註 以字母記音標，唸出
字母就可以唸出音標
（[ŋ] 除外）

子音第二段

5

MP3-05

[l]

記　法 記法唸字母l的尾音（舌尖頂住上齒內側唸ㄌ）。口訣：l的 [l] 拼音ㄌ。

注　意 1. [l] 要唸正確，必須先唸對字母l。

2. [l] 後面若遇到母音、半母音、雙母音、複合音時，唸ㄌ較好拼音，所以在音標口訣中加列「拼音ㄌ」（ㄌ音的來源是：唸 [l] 舌尖往下掉，就可發出ㄌ音）。※實際上，若 [l] 有唸標準，舌尖有頂住上齒內側，拼音時若不用ㄌ，也可以拼出來。只是用ㄌ較好拼罷了。

ball
[bɔl]
球

leaf
[lif]
葉子

註 [l] 後面是母音 [i] 唸ㄌ較好拼音。

lion
['laɪən]
獅子

註 [l] 後面是雙母音 [aɪ]唸ㄌ較好拼音。

音標習寫

[l]　[l]

子音第二段

6

[m]

MP3-05

記　法 唸字母m的尾音，記得嘴要合起來。口訣：m的 [m] 拼音ㄇ。

注　意 [m] 後面若遇到母音、半母音、雙母音、複合音時，唸ㄇ較好拼音，所以在音標口訣中加列「拼音ㄇ」（ㄇ音的來源是：唸 [m] 嘴張開就可發出ㄇ音）。※實際上，若 [m] 有唸標準，嘴有合起來，拼音時若不用ㄇ，也可以拼出來。只是用ㄇ較好拼罷了。

lamp
[læmp]
燈

match
[mætʃ]
火柴

menu
[ˈmɛnju]
菜單

音標習寫

註 [m] 後面是母音 [æ]
唸ㄇ較好拼音。

註 [m] 後面是母音 [ɜ]
唸ㄇ較好拼音。

[m] [m]

子音第二段 7

[n]

MP3-05

記　法 唸字母n的尾音（和國語注音ㄣ的尾音相同）。口訣：n的 [n] 拼音ㄋ。

注　意 1. [n] 唸字母n的尾音，舌頭在上。

2. [n] 後面若遇到母音、半母音、雙母音、複合音時，唸ㄋ較好拼音，所以在音標口訣中加列「拼音ㄋ」（ㄋ音的來源是：唸 [n] 舌尖往下掉，就可發出ㄋ音）。※實際上，若 [n] 有唸標準，舌頭在上，拼音時若不用ㄋ，也可以拼出來。只是用ㄋ較好拼罷了。

sun
[sʌn]
太陽

音標習寫

[n] [n]

no
[no]
不

註 [n] 後面是母音 [o]
唸ㄋ較好拼音。

nurse
[nɝs]
護士

註 [n] 後面是母音 [ɝ]
唸ㄋ較好拼音。

子音第二段

8

 MP3-05

[ŋ]

記　法 唸國語注音ㄥ的尾音。口訣：便便音的 [ŋ]。

參考音 音標 [ŋ] 的音很像大便時嘴裡發出的音，所以在音標口訣中用「便便音的 [ŋ]」。

注　意 [n] 和 [ŋ] 音很相近，[n] 舌在上，[ŋ] 舌在下。子音是可以拼人的音，但便便音的 [ŋ] 太臭，人家不讓它拼，所以它是唯一不能拼人的子音。

song
[sɔŋ]
歌

ring
[rɪŋ]
戒指

tank
[tæŋk]
坦克

音標習寫

[ŋ] [ŋ]

子音第三段

子音第三段口訣：

o pp[9] [p]   q r的[10] [r]

s的[11] [s]   t的[12] [t]

uv的[13] [v]   wxy z的[14] [z]

註 以字母記音標，唸出
字母就可以唸出音標

子音第三段

9

🔊 MP3-06

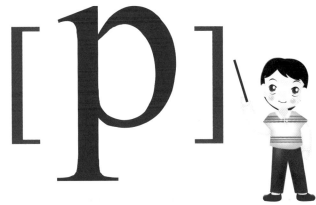

[p]

記　法 唸字母p的前音（氣）。口訣：o pp [p]。

參考音 ㄆ、的ㄆ（氣音）

cup
[kʌp]
杯子

peace
[pis]
和平

place
[ples]
地方

音標習寫

[p] [p]

子音第三段

10

MP3-06

[r]

記　法 唸字母r的尾音（要捲舌）。口訣：q　r的[r]。

參考音 短音ㄦ

注　意 請多練習 [ra] [re] [ri] [ro] [ru] 的拼音，拼音時 [r] 要捲舌，舌頭儘量捲到後面。

car
[kɑr]
汽車

音標習寫

[r] [r]

grass
[græs]
草

註 KK音標的拼音方式是 [ræ] 先拼，再唸出 [græ]。

three
[θri]
三

註 KK音標的拼音方式是 [ri] 先拼，再唸出 [θri]。

字母r（音標 [r]）的角色

有位教自然發音的老師在參加筆者KK音標教學研習時提出以下問題。

以grass [græs] 為例，依照KK音標拼音規則，[r] 是子音，不能被子音 [g] 拼，只能拼母音 [æ]，所以 [r] 和 [æ] 要先拼成 [ræ]，然後再唸出 [græs]。而這位老師所用的自然發音教材卻是把gr-列在一起，也就是說 [g] 和 [r] 要先拼成 [gr]，再拼 [æ] 變成 [græ]，然後唸出grass。她問：「怎樣拼讀才正確呢？」

筆者答

如果按照自然發音教材所列gr-，[r] 可以被 [g] 拼，變成 [gr]，再拼 [æ]，合成 [græ]。[r] 可以被拼又可以拼人，具有半母音連結二種音的功能，照理應該把 [r] 列為半母音。不過，無論 [r] 是子音或是半母音，只要 [r] 發音標準，有捲舌，拼音過程雖然順序不同，拼出來的音卻是相同的，所以無需擔心，也不用拘泥於 [r] 是子音或半母音。

子音第三段

11

🔘 MP3-06

記　法 唸字母s的尾音（氣）。口訣：s的 [s]。
參考音 ㄙ（氣音）

bus
[bʌs]
巴士

nice
[naɪs]
好的

pencil
[ˈpɛnsl̩]
鉛筆

音標習寫

[s] [s]

子音第三段 12

MP3-06

 [t]

記　法 唸字母t的前音（氣）。口訣：t的 [t]。

參考音 ㄊ的ㄊ（氣音）

注　意 t若在r前要改唸ㄑ

　　　　請唸口訣：t在r前改唸ㄑ

table
[ˈtebḷ]
桌子

taxi
[ˈtæksɪ]
計程車

tree
[tri]
樹

註 [t] 唸ㄑ

音標習寫

[t] [t]

註 桌子 table [ˈtebḷ] 的 [ḷ] 下面有一個黑點「˙」，代表 [ḷ] 前面省略母音 [ə]，所以 [ˈtebḷ] 可以用 [ˈtebəl] 來發音。

音節補助符號

　　桌子table [ˈtebḷ] 加「‧」的原因是，我們唸table時可以感受出table有二個母音，一個是t和b中間的a唸 [e]，一個是b和l中間雖然沒有字母卻發 [ə] 的音，所以在 [l] 下方加「‧」代表 [b] 和 [l] 中間有個音 [ə]。王老師將「‧」稱為「音節補助符號」，有了「‧」代表有個母音 [ə]，也代表有個音節。

子音第三段 13

 MP3-06

[V]

記　法 唸字母v的前音（上齒放在下唇上）。口訣：u　v的 [v]。

注　意 [v] 和 [f] 嘴型相同，但 [f] 是氣、[v] 是聲。依筆者的研究，正統北京話唸「偉」第一個音就是 [v]；客家話唸「黃」第一個音也是 [v]。

five

[faɪv]

五

vase

[ves]

花瓶

vest

[vɛst]

背心

音標習寫

[v] [v]

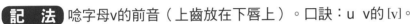

子音第三段

14

[z]

MP3-06

記　法 唸字母z的前音。口訣：wxy z的 [z]。

參考音 不捲舌的ㄙ

zoo
[zu]
動物園

zero
[ˈzɪro]
零

zebra
[ˈzibrə]
斑馬

音標習寫

[z] [z]

子音第四段

子音第四段口訣：

弱瀑布的[15] [ʃ]　　強瀑布的[16] [tʃ]

弱河流的[17] [ʒ]　　強河流的[18] [dʒ]

註 [ʃ] [tʃ] [ʒ] [dʒ] 四個音標
以圖形來記音標

子音第四段

15

🎧 MP3-07

[∫]

瀑布

山

記　法 把[∫]當作是山上流下來的瀑布。因為是平常時的瀑布，所以口訣取名為「弱瀑布的[∫]」。

參考音 用捲舌音ㄕ的嘴形唸ㄒ。聲音像瀑布的聲音，也像小便的聲音。

shop

fish
[fɪʃ]
魚

ship
[ʃɪp]
船

shop
[ʃɑp]
商店

音標習寫

[ʃ]　[ʃ]

子音第四段

16

[tʃ]

MP3-07

記　法 弱瀑布 [ʃ] 加上 [t] 變成 [tʃ]，二個音合起來比較強，所以口訣取名為「強瀑布的 [tʃ]」。

參考音 用捲舌音ㄔ的嘴形唸ㄙ（氣音）

注　意 看到音標 [tʃ] 時，可以把 [t] 當作國字「五六七」的「七」，就可以立即想到 [tʃ] 的大概發音。

瀑布

chair

[tʃɛr]

椅子

church

[tʃɝtʃ]

教堂

cheese

[tʃiz]

乳酪

音標習寫

[tʃ] [tʃ]

子音第四段

17

MP3-07

[ʒ]

河岸

記　法 把 [ʒ] 當作是河流。因為是平常的河流，所以口訣取名為「弱河流的 [ʒ]」。

參考音 用捲舌音ㄖ的嘴形念ㄖ

television

[ˋtɛləˏvɪʒən]

電視機

measure

[ˋmɛʒɚ]

尺寸

treasure

[ˋtrɛʒɚ]

寶物

音標習寫

[ʒ]　[ʒ]

子音第四段 18 [dʒ]

🔊 MP3-07

記 法 弱河流 [ʒ] 加上 [d] 變成 [dʒ]，二個音合起來比較強，所以口訣取名為「強河流的 [dʒ]」。

參考音 用捲舌音ㄓ的嘴形念ㄐ（急）

注 意 看到音標 [dʒ] 時，立即想到強河流，然後唸：強河流流的「急」，[dʒ] 的發音就唸出來了。

河岸

jacket
[ˈdʒækɪt]
夾克

jeans
[dʒinz]
牛仔褲

giant
[ˈdʒaɪənt]
巨人

音標習寫

[dʒ] [dʒ]

子音第五段

子音第五段口訣：

舌出氣的[19] [θ]

舌出聲的[20] [ð]

註 [θ] [ð] 二個音標以圖形
來記音標

子音第五段
19

 MP3-08

$$[\theta]$$

記　法 看到音標 [θ] 想像上半部是上唇，下半部是下唇，中間一橫是舌頭。口訣：舌出氣的 [θ]。

參考音 舌頭伸出來，用上下牙齒夾緊唸ㄙ（氣音）。

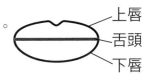
上唇
舌頭
下唇

mouth
[mauθ]
嘴

thanks
[θæŋks]
謝謝

thousand
[ˈθauzn̩d]
千

音標習寫

[θ] [θ]

KK音標教學

子音第五段

20

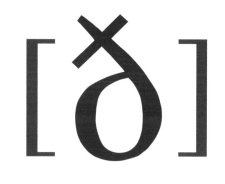

[ð]

MP3-08

記　法 看到音標 [ð] 想到它是 [θ] 的相對音。[θ] 和 [ð] 嘴型相同，[θ] 是氣，[ð]
是聲。口訣：舌出聲的 [ð]。

參考音 舌頭伸出來，用上下牙齒夾緊唸ㄖ（聲）。

father

[ˈfɑðɚ]

爸爸

mother

[ˈmʌðɚ]

母親

brother

[ˈbrʌðɚ]

兄（或弟）

音標習寫

[ð]　[ð]

子音第六段

子音第六段口訣：

哥哥的[21] [g]

內有厂的[22] [h]

註 [g] [h] 二個音標以圖形
來記音標

子音第六段 ㉑

[g]

MP3-09

記　法 看到 [g] 或 [g]，當成哥哥。口訣：哥哥的 [g]。
參考音 哥哥的 ㄍ

dog
[dɔg]
狗

goat
[got]
山羊

pig
[pɪg]
豬

音標習寫

[g] [g]

子音第六段

22

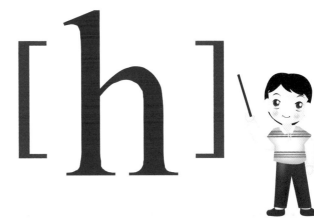

[h]

MP3-09

記　法 看到 [h] 時當做裡面有個注音符號厂。
口訣：內有厂的 [h]。

參考音 厂˙（氣音）

house
[haʊs]
房屋

home
[hom]
家

hotel
[hoˋtɛl]
旅館

音標習寫

[h]　[h]

2.母音（七段）

母音第一段：ㄡ音班

母音ㄡ音班口訣：

o的[23] [o]

o的[24] [ɔ]

註 以字母記音標，唸出
字母就可以唸出音標
（[ɔ] 除外）

母音第一段

23

MP3-10

記　法 音標 [o] 和字母o的發音完全相同，是所有音標中，唯一和字母發音完全相同的。口訣：o的 [o]。

參考音 ㄡㄨ（雙母音）（ㄡ和ㄨ的合音）
雙母音的特性是音要唸得緊一點、重一點。

post
[post]
郵件

boat
[bot]
船

coat
[kot]
外套

音標習寫

[o]　[o]

母音第一段

24

MP3-10

[ɔ]

記　　法 把 [o] 由上往下從中間切斷就變短音 [ɔ]（嘴鬆）。口訣：o 的 [ɔ]。

參考音 ㄡ（短音）

fog
[fɔg]
霧

August
[ˈɔgəst]
八月

law
[lɔ]
法律

音標習寫

[ɔ] [ɔ]

母音第二段：ㄨ音班

母音ㄨ音班口訣：

u的[25] [u]   **U**的[26] [u]

w的[27] [w]

母音第二段

25

 MP3-11

記　法 唸字母u的尾音ㄨ，但要唸長音的ㄨˋ（嘴鬆）。口訣：u的[u]。

參考音 長音的ㄨˋ（嘴鬆）

注　意 [u][ʊ][w]這三個音標都是唸字母u、U、w的尾音，都是ㄨ的音。只是小寫字母的[u]唸長音的ㄨˋ，大寫字母的[ʊ]唸短音的ㄨ，[w]是半母音，唸平音的ㄨ和國語的ㄨ完全相同。

moon

[mun]

月亮

tooth

[tuθ]

牙齒（單數）

bamboo

[bæmˊbu]

竹子

音標習寫

[u] [u]

母音第二段

26

MP3-11

[U]

記　法 唸字母U的尾音ㄨ，但要唸短音的ㄨ（嘴鬆）。口訣：U的 [ʊ]。

參考音 短音的ㄨ（嘴鬆）

注　意 [u] [ʊ] [w] 這三個音標都是唸字母u、U、w的尾音，都是ㄨ的音。
只是小寫字母的 [u] 唸長音的ㄨˋ，大寫字母的 [ʊ] 唸短音的ㄨ，[w]
是半母音，唸平音的ㄨ和國語的ㄨ完全相同。

cook
[kʊk]
廚師

foot
[fʊt]
腳（單數）

book
[bʊk]
書

音標習寫

[U]　[U]

母音第二段

27

[W]

MP3-11

記　法 唸字母w的尾音╳，但是要唸平音的╳。口訣：w的 [w]。

參考音 平音的╳（嘴型和國語的╳完全相同）

注　意 [u] [ʊ] [w] 這三個音標都是唸字母u、U、w的尾音，都是╳的音。
只是小寫字母的 [u] 唸長音的╳ˋ，大寫字母的 [ʊ] 唸短音的╳，[w]
是半母音，唸平音的╳和國語的╳完全相同。

watch

[wɑtʃ]

錶

water

[ˈwɑtɚ]

水

week

[wik]

週

音標習寫

[W] [W]

半母音：[w]

1. [w] 是半母音，唸平音的ㄨ（嘴型和國語的ㄨ完全相同）
   譬如：[wa] ㄨㄚˋ　　[we] ㄨㄟˋ

2. [w] 是半母音，可以拼人也可以被拼
   譬如：[gwo] 的 [w] 可以被 [g] 拼成 [gw]，[w] 也可以拼 [o]
   　　　變成 [wo]，然後唸成 [gwo]

3. KK音標有二個半母音 [w] 和 [j]
   非常巧，[w] 和國語ㄨ，嘴型、發音完全相同（平音ㄨ）
   [j] 和國語ㄧ，嘴型、發音完全相同（平音ㄧ）

母音第三段：一音班

母音一音班口訣：

i的[28] [i]　　　ɪ的[30] [ɪ]

j的[30] [j]

註 以字母記音標，唸出
字母就可以唸出音標

母音第三段

28

MP3-12

$[i]$

記　法 唸字母i的尾音一，但要唸長音的一、。口訣：i的 [i]。

參考音 長音的一、

注　意 [i][ɪ][j] 這三個音標都是唸字母i、I、j的尾音，都是一的音。只是小寫字母的 [i] 唸長音的一、，大寫字母的 [ɪ] 唸短音的一，[j] 是半母音唸平音的一，和國語的一完全相同。

feet
[fit]
腳（複數）

teeth
[tiθ]
牙齒（複數）

pizza
[ˈpitsə]
披薩

音標習寫

$[i]$　$[i]$

母音第三段

29

MP3-12

[ɪ]

記　法 唸字母I的尾音ー，但是要唸非常短的ー。口訣：I 的 [ɪ]。

參考音 非常短的ー（和跑步時喊的11121一樣，很短）

注　意 [i] [ɪ] [j] 這三個音標都是唸字母i、I、j的尾音，都是ー的音。只是小寫字母的 [i] 唸長音的ー、，大寫字母的 [ɪ] 唸短音的ー，[j] 是半母音唸平音的ー，和國語的ー完全相同。

tip
[tɪp]
小費

music
[ˈmjuzɪk]
音樂

picture
[ˈpɪktʃɚ]
圖畫、照片

音標習寫

[ɪ]　[ɪ]

母音第三段

30

🔘 MP3-12

[j]

記　法 唸字母j的尾音一，但是要唸平音的一。口訣：j的 [j]。

參考音 平音的一（嘴形和國語一完全相同）

注　意 [i][ɪ][j]這三個音標都是唸字母i、I、j的尾音，都是一的音。只是小寫字母的 [i] 唸長音的ㄧ，大寫字母的 [ɪ] 唸短音的一，[j] 是半母音唸平音的一，和國語的一完全相同。

yes
[jɛs]
是的

yacht
[jɑt]
遊艇

yellow
[ˈjɛlo]
黃色

音標習寫

[j] [j]

半母音：[j]

1. [j] 是半母音，唸平音的一（嘴型和國語的一完全相同）
   譬如：[ja] 丫ˋ　　[jo] 又ˋ

2. [j]是半母音，可以拼人也可以被拼
   譬如：[kjo] 的 [j] 可以被 [k] 拼成 [kj]，[j] 也可以拼 [o] 變成
   [jo]，然後唸成 [kjo]

3. KK音標有二個半母音 [w] 和 [j]
   非常巧，[w] 和國語ㄨ，嘴型、發音完全相同（平音ㄨ）
   [j] 和國語一，嘴型、發音完全相同（平音一）

母音第四段：ㄦ音班

母音ㄦ音班口訣：

3加尾的[31] [ɜ]

ə加尾的[32] [ɚ]

母音第四段

31

 MP3-13

[ɝ]

記　法 看到3又有個尾巴，要想到唸長音的ㄦˋ。口訣：3加尾的 [ɝ]。

參考音 長音的ㄦˋ（記得捲舌）

注　意 [ɝ] 用在重音節和單音節（單音節視同重音節）

her

[hɝ]

她的

shirt

[ʃɝt]

襯衫

worker

[ˈwɝkɚ]

工人

音標習寫

[ɝ]　[ɝ]

母音第四段

32

🔘 MP3-13

記　法 看到ə又有個尾巴，也要想到唸長音的儿ㄝ。口訣：ə加尾的 [ɚ]。

參考音 長音的儿ㄝ（記得捲舌）

注　意 [ɚ] 雖然和 [ɝ] 一樣唸長音的儿ㄝ，但是 [ɚ] 是用在輕音節，所以唸出來的音，自自然然變得較短，所以 [ɚ] 比 [ɝ] 音要短些。

doctor
[ˈdɑktɚ]
醫生

teacher
[ˈtitʃɚ]
老師

worker
[ˈwɝkɚ]
工人

音標習寫

[ɚ] [ɚ]

母音第五段：插班生

母音插班生口訣：

[ə] [e]的[33] [æ]

鵝在游泳的[34] [ə]

註 [æ] [ə] 這二個音標以圖
形來記音標

母音第五段

33

[æ]

 MP3-14

記　法 這個音標是由 [ə] ㄜ 和 [e] ㄟ 合起來的音。口訣：[ə] [e] 的 [æ]。

參考音 嘴拉開拉緊唸ㄟ（裡面有點ㄚ的音）

注　意 [æ] 這個音標是由 [ə] 和 [e] 合起來的，本應等到學完 [ə] 和 [e] 再學，但為了音標口訣的順溜，排在前面。

cat
[kæt]
貓

rabbit
[ˈræbɪt]
兔子

dragon
[ˈdræɡən]
龍

音標習寫

[æ]　[æ]

母音第五段
34

[ə]

🔘 MP3-14

記　法 看到 [ə] 這個音標，請想像一隻在游泳的鵝。
口訣：鵝在游泳的 [ə]。

參考音 さ（輕音）

America
[əˋmɛrɪkə]
美國

Japan
[dʒəˋpæn]
日本

Korea
[koˋriə]
韓國

音標習寫

[ə]　[ə]

母音第六段：拉丁文ㄟ音班

母音拉丁文ㄟ音班口訣：

abcde的[35] [e]

短音的[36] [ɛ]

註 音標 [e][ɛ] 是由拉丁文
而來

母音第六段

35

 MP3-15

[e]

記　法 將英文小寫字母abcde的e，用拉丁文唸ㄚ ㄅㄟ ㄘㄝ ㄉㄟ ㄟ 的ㄟ，就是音標 [e]。口訣：ㄚ ㄅㄟ ㄘㄝ ㄉㄟ ㄟ 的ㄟ。

參考音 ㄟ（雙母音）（ㄟ和ㄧ的合音）。雙母音的特性是音要唸得緊一點、重一點。

注　意 音標 [e] 是用拉丁文唸小寫字母abcde而來，小寫e的音標 [e] 唸長音。音標 [ɛ] 是由拉丁文唸大寫ABCDƐ（Ɛ=E）而來，大寫Ɛ的音標 [ɛ] 唸短音。

play
[ple]
打（球）的打

baseball
[ˈbesˌbɔl]
棒球

game
[gem]
比賽

音標習寫

[e] [e]

母音第六段

36

 MP3-15

記　法 將長音的 [e] 從上往下切斷後，左邊就有 [ε] 的樣子，切斷後的 [ε] 唸短音的ㄟ。口訣：短音的ㄟ。

參考音 短音的ㄟ

注　意 音標 [e] 是用拉丁文唸小寫字母abcde而來，小寫e的音標 [e] 唸長音。音標 [ε] 是由拉丁文唸大寫ABCDE（ε＝E）而來，大寫ε的音標 [ε] 唸短音。

telephone
[ˈtɛləˌfon]
電話

cellphone
[ˈsɛlˌfon]
手機

音標習寫

[ε] [ε]

母音第七段：拉丁文ㄚ音班

母音拉丁文ㄚ音班口訣：

abcd的[37] [ɑ]

金字塔的[38] [ʌ]

註 音標 [ɑ] [ʌ] 是由拉丁
文而來

母音第七段

 37

MP3-16

 **[ɑ]**

記　法 將英文字母小寫abcd的a，用拉丁文唸ㄚˋ ㄅㄟˋ ㄘㄝˋ ㄉㄟˋ 的ㄚˋ 就是
音標 [ɑ]。口訣：ㄚˋ ㄅㄟˋ ㄘㄝˋ ㄉㄟˋ 的ㄚˋ、。

參考音 ㄚˋ（長音）

注　意 音標 [ɑ] 是用拉丁文唸小寫字母abcd而來，小寫a的音標 [ɑ] 唸長
音。音標 [ʌ] 是由大寫ΛBCD（Λ＝A）而來，大寫Λ的音標 [ʌ] 唸
短音。

box
[baks]
箱子

copy
[ˈkɑpɪ]
拷貝

marker
[ˈmɑrkɚ]
彩色筆

音標習寫

[ɑ] [ɑ]

母音第七段

38

$$[\Lambda]$$

記　法 音標 [ʌ] 很像金字塔，為了音標口訣順溜，筆者取名為「金字塔的 [ʌ]」。口訣：金字塔的 [ʌ]。

參考音 小嘴短音的ㄚ

注　意 音標 [ɑ] 是用拉丁文唸小寫字母abcd而來，小寫a的音標 [ɑ] 唸長音。音標 [ʌ] 是由大寫ΛBCD（Λ＝A）而來，大寫Λ的音標 [ʌ] 唸短音。

bus

[bʌs]

巴士

number

[ˈnʌmbɚ]

號碼

hundred

[ˈhʌndrəd]

百

$$[\Lambda] \quad [\Lambda]$$

3.常見雙母音、複合音

常見雙母音[39][aɪ][40][aʊ]

複合音[41][ju]

註 [aɪ][aʊ][ju] 在音標拼音時常出現，筆者特別增列於音標口訣

雙母音

39

[aɪ]

MP3-17

記　法 英文「我I」的音標就是 [aɪ]，看到 [aɪ] 馬上想到「我I」。

參考音 ㄚ一（雙母音）

注　意 筆者在拼音練習單元，會在 [aɪ] 的下方寫「雙母」，就表示是「雙母音」。

Taiwan
[ˈtaɪˈwan]
台灣

Taipei
[ˈtaɪˈpe]
台北

time
[taɪm]
時間

音標習寫

[aɪ] [aɪ]

雙母音

40

MP3-17

[aʊ]

參考音 ㄚㄨ（雙母音）

注 意 筆者在拼音練習單元，會在 [aʊ] 的下方寫「雙母」，就表示是「雙母音」。

mountain

[ˋmaʊntn̩]

山

flower

[ˋflaʊɚ]

花

now

[naʊ]

現在

音標習寫

[aʊ] [aʊ]

複合音 41 [ju]ˋ

MP3-17

記　法 英文「你you」的音標就是 [ju]，看到 [ju] 馬上想到「你you」。

參考音 ㄧ×（複合音）

注　意 1. 筆者在拼音練習單元，會在 [ju] 的下方寫「複合」，就表示是「複合音」。

2. 另有一個複合音的短音 [jʊ] 也常出現，看音標時注意即可。

cute
[kjut]
可愛的

menu
[ˊmɛnju]
菜單

beautiful
[ˊbjutəfəl]
美麗的

音標習寫

[ju]　[ju]

註 以上是所有的KK音標，請翻到最前面的KK音標口訣總表，請多唸幾次。把口訣唸熟，很快就可以學會KK音標。

四 KK音分類整理

1. 子音有8對相對音 💿 MP3-18

子音有8對相對音，上為氣（無聲子音），下為聲（有聲子音），嘴型相同：

	1	2	3	4
氣	[p]	[t]	[k]	[f]
聲	[b]	[d]	[g]	[v]
	5	6	7	8
氣	[s]	[θ]	[ʃ]	[tʃ]
聲	[z]	[ð]	[ʒ]	[dʒ]

註 ㄘ是氣音，ㄗ是有聲音，ㄘ和ㄗ也是相對音關係。（ㄘ和ㄗ見本書P.99、P.130及P.138）

2. 相對音的用途

（1）可以校正發音。

譬如：會唸 [p] 則 [b] 只是將「氣」變成「聲」，嘴型相同。

（2）當2個氣音在一起時，若同時唸2個氣，對人體吐納不好，所以第2個氣音常改唸相對音。譬如：

溫泉 **spa** [spɑ]

1 2 3

氣 氣

↓

[b]（[p] 改唸相對音 [b]）

故事 **story** [ˈstɔrɪ]

氣 氣

↓

[d]（[t] 改唸相對音 [d]）

學校 **school** [skul]

氣 氣

↓

[g]（[k] 改唸相對音 [g]）

3. 音標分類 ⊙ MP3-19

將38個音標分類，幫助記憶。

（1）用字母記音標（唸出字母就唸出音標，共20個）：

❶ **b** 的 [b]（前音）　　　　❷ **d** 的 [d]（前音）

❸ **f** 的 [f]（尾音、氣）　　　❹ **k** 的 [k]（前音、氣）

❺ **l** 的 [l]（尾音）　　　　　❻ **m** 的 [m]（尾音）

❼ **n** 的 [n]（尾音）　　　　　❽ **p** 的 [p]（前音、氣）

❾ **r** 的 [r]（尾音）　　　　　❿ **s** 的 [s]（尾音、氣）

⓫ **t** 的 [t]（前音、氣）　　　⓬ **v** 的 [v]（前音）

⓭ **z** 的 [z]（前音）　　　　　⓮ **o** 的 [o]（尾音、長）

⓯ **u** 的 [u]（尾音、長）　　　⓰ **U** 的 [ʊ]（尾音、短）

⓱ **w** 的 [w]（尾音、平）　　　⓲ **i** 的 [i]（尾音、長）

⓳ **I** 的 [ɪ]（尾音、短）　　　⓴ **j** 的 [j]（尾音、平）

（2）用圖形記音標（看音標聯想圖形，就唸出音標，共14個）：

❶ 便便音的 [ŋ]

❷ 弱瀑布的 [ʃ]（想瀑布）

❸ 強瀑布的 [tʃ]（想五六七的七）

❹ 弱河流的 [ʒ]（想河流）

❺ 強河流的 [dʒ]（想「強河流流的急」）

❻ 舌出氣的 [θ]（想到上下是嘴唇、中間是舌頭）

❼ 舌出聲的 [ð]

❽ 哥哥的 [g]（加上眼睛想成哥哥的樣子）

❾ 內有厂的 [h]（想到厂）

❿ O的 [ɔ]（想 [o] 切斷）

⓫ 3加尾的 [ɝ]（想3和尾巴）

⓬ ə加尾的 [ɚ]（想ə和尾巴）

⓭ [ə][e] 的 [æ]（嘴緊）

⓮ 鵝在游泳的 [ə]（想鵝）

（3）用拉丁文記音標，共4個：

❶ abcde的 [e]

❷ 短音的 [ɛ]

❸ ɑ（a）**bcd**的 [ɑ] [a]

❹ 金字塔的 [ʌ]（想金字塔）

五 KK音標測驗表

以下KK音標測驗表，學生可以做自我測試，教師家長亦可以測驗學生。

NO.	音 標	提 示	會唸打 ✔					
1	[b]	b的…						
2	[ʃ]	弱瀑布的…						
3	[g]	哥哥的…						
4	[f]	f的…						
5	[m]	m的…						
6	[ŋ]	便便音的…						
7	[w]	w的…						
8	[ð]	舌出聲的…						
9	[o]	o的…						
10	[ɑ]	拉丁文abcd的…						
11	[ɪ]	I的…						
12	[d]	d的…						
13	[k]	k的…						
14	[ɛ]	拉丁文短音的…						
15	[l]	l的…						
16	[n]	n的…						
17	[tʃ]	強瀑布的…						
18	[u]	u的…						
19	[ʒ]	弱河流的…						
20	[ɔ]	[o]的…						
21	[dʒ]	強河流的…						
22	[θ]	舌出氣的…						
23	[e]	拉丁文abcde的…						
24	[t]	t的…						
25	[h]	內有厂的…						

NO.	音標	提 示				會唸打 ✓				
26	[z]	z的…								
27	[r]	r的…								
28	[ʌ]	拉丁文金字塔的…								
29	[s]	s的…								
30	[v]	v的…								
31	[æ]	[ə][e]的…								
32	[i]	i的…								
33	[ə]	鵝在游泳的…								
34	[ʊ]	U的…								
35	[j]	j的…								
36	[ɚ]	∂加尾的…								
37	[p]	p的…								
38	[ɝ]	3加尾的…								
39	[aɪ]	我I								
40	[aʊ]									
41	[ju]	你you								

相對音	1	[p]	[b]								
	2	[t]	[d]								
	3	[k]	[g]								
	4	[f]	[v]								
	5	[s]	[z]								
	6	[θ]	[ð]								
	7	[ʃ]	[ʒ]								
	8	[tʃ]	[dʒ]								

六 KK音標拼音練習

1. 拼音練習需知

（1）學習國語注音符號ㄅㄆㄇㄈ的目的就是要拼國字的音，學習KK音標也是為了要拼英語字的音，所以KK音標一定要先記熟。

（2）國字的拼音最多3個音，譬如「郭」ㄍㄨㄛ，而且只要有2個或3個注音符號就一定能拼音，譬如ㄍ和ㄨ和ㄛ可拼出「郭」。但是英語字的拼音，有時候多達好幾個，譬如：同學classmate是由 [ˈklæsˌmet] 共7個音組成，而且並不是7個音都要拼音，所以我們只需找出可以拼音的「拼音配對」，然後和其他的音連起來，就可以唸出英語字。

（3）「拼音配對」，最常見的是〔（**子音**）（母音）〕或〔（**子音**）（半母音）〕或〔（**子音**）（雙母音）〕或〔（**子音**）（複合音）〕，子音後面只要不是子音都可以成為拼音配對。

譬如：

classmate [ˈk l æ sˌm e t]
1 2 3 4 5 6 7
子 子 母 子 子 母 子

其中23 [læ]〔（子音）（母音）〕，56 [me]〔（子音）（母音）〕是「拼音配對」
classmate [ˈklæsˌmet] 就唸成 [k]-[læ]-[s]-[me]-[t]
其中「ˈ」是代表重音節的符號，而「ˌ」是輕音節。重音節符號在 [klæ] 的左上方，表示 [klæ] 是重音節，要唸「重」一些。

註 以英語而言，有1個母音就會有1個音節存在。只有1個音節叫做「單音節」。若1個英語字有2個以上的音節，就必須有重音符號，唸出來的字才有起伏；若沒有重音符號，只唸平平的音，就不像人在講話了。就如同中文字若沒有四聲，只唸平平的音，會嚇到人的。

（4）所以，筆者做個小結論如下：只要①每個音標都記熟 ②找出每個字的「拼音配對」，就可以唸出字的發音。

（5）但是，英語字的基本音（也就是音標）和國語注音符號到底還是不同的語言系統，所以仍有些小細節要注意：

〈5-1〉子音 [r] 和國語注音符號「ㄦ」很相近，舌頭都要捲舌。但是注音符號的「ㄦ」沒有拼其他音的情形，而音標的 [r] 卻常有拼人的機會，我們必須要多練習才能唸對，譬如：

$$[ra][re][ri][ro][ru]$$
$$[bra][bre][bri][bro][bru]$$

〈5-2〉舌出氣的 [θ] 和舌出聲的 [ð]，舌頭要伸出來，是國語沒有的音，我們也要多練習：

$$[θa][θe][θi][θo][θu]$$
$$[ða][ðe][ði][ðo][ðu]$$

〈5-3〉相信你已經背熟音標口訣，但是你可知道為何筆者在l的 [l] 拼音ㄌ、m的 [m] 拼音ㄇ、n的 [n] 拼音ㄋ這段口訣，加上拼音ㄌ、拼音ㄇ、拼音ㄋ呢？

因為音標 [l] 後面若是母音、半母音、雙母音、複合音，

　　　　[l] 用ㄌ來拼較好拼

　　　　[m] 後面若是母音、半母音、雙母音、複合音，

　　　　[m] 用ㄇ來拼較好拼

　　　　[n] 後面若是母音、半母音、雙母音、複合音，

　　　　[n] 用ㄋ來拼較好拼

但要注意 [l] 後面若是子音不能拼音或不需要拼音，

　　　　[l] 要唸自然發音l的 [l]

　　　　[m] 後面若是子音不能拼音或不需要拼音，

　　　　[m] 要唸自然發音m的 [m]

　　　　[n] 後面若是子音不能拼音或不需要拼音，

　　　　[n] 要唸自然發音n的 [n]

我們來練習看看：

* [lo] [lol] 1號音標 [l] 後面是母音 [o]，[l] 唸ㄌ較好拼音，3號音標 [l] 不需拼音，只要唸自然發音l的 [l]。

* [mo] [mom] 1號音標 [m] 後面是母音 [o]，[m] 唸ㄇ較好拼音，3號音標 [m] 不需拼音，只要唸自然發音m的 [m]。

* [no] [non] 1號音標 [n] 後面是母音 [o]，[n] 唸ㄋ較好拼音，3號音標 [n] 不需拼音，只要唸自然發音n的 [n]。

〈5-4〉如果您遇到音標 [t] 在 [r] 的前面，[t] 要改唸ㄑ

　　　　[d] 在 [r] 的前面，[d] 要改唸ㄐ

　　　　[t] 和 [s] 或 [z] 合在一起，要唸ㄑ

　　　　[d] 和 [s] 或 [z] 合在一起，要唸ㄐ

口訣是：t在r前改唸ㄘ ts、tz合唸ㄘ
　　　　d在r前改唸ㄗ ds、dz合唸ㄗ

〈5-5〉如果您遇到 ['pɛnsl̩] 音標 [l] 下方有個黑點「‧」，那表示音標 [l] 前面省略了 [ə]，所以你也可以將 ['pɛnsl̩] 唸成 ['pɛnsəl]。

（6）音標口訣最後面的 [aɪ] [aʊ] 在接下來的拼音練習中，下方會寫著「雙母」即是雙母音之意；[ju] 下方則會寫著「複合」，即是複合音之意。

（7）在接下來的拼音練習中，筆者採用的示範字都是我們在音標教學中唸過的字，您將在親切的解說練習之中，進一步了解這些字的拼音來源和方法。現在讓我們開始進入KK音標的實用課程——拼音練習。

2. 實戰練習 🎧 MP3-21

重點複習

1. 拼音規則

（1）子音是只能拼人的音，共22個。扣除便便音的[ŋ]因為太臭，不能拼人，剩下21個子音可以拼人。

（2）半母音 [w] 和 [j] 是雙面人，可以拼人也可以被拼。所以可以拼人的音再增加兩個，共23個。

（3）母音是只能被拼的音，包括雙母音。半母音是雙面人，可以拼人也可以被拼。所以被拼的音包括：母音、雙母音、半母音、複合音。事實上，除了子音不能被拼，其他的音標都可以被拼。

2. 拼音方法

我們拼英文單字的音標時，要從左邊往右邊一個音標一個音標看。當我們看到任何一個可以拼人的音標時，就看看它的後面是不是可以被拼的音標，若後面是可以被拼的音標，就可以拼音，就可以將它們連起來，劃拼音線。下列所示紅線即是拼音線。[（子音）（母音）]、[（子音）（半母音）]、[（子音）（雙母音）]、[（子音）（複合音）]；[（半母）（母音）]、[（半母）（雙母音）]、[（子音）（半母音）]。

她的

her

[hɝ]

拼拼看

[hɝ]
1 2
子母

法律

law

[lɔ]

拼拼看

[lɔ]
1 2
子母
ㄌ

不

no

[no]

拼拼看

[no]
1 2
子母
ㄋ

現在

now

[naʊ]

拼拼看

[naʊ]
1 2
子 雙
ㄋ 母

動物園

zoo

[zu]

拼拼看

[zu]
1 2
子母

球

ball

[bɔl]

拼拼看

[bɔ]-[l]
1 2 3
子母 子

海灘
beach
[bitʃ]

拼拼看

[bi]-[tʃ]
1 2   3
子母   子

鳥
bird
[bɜd]

拼拼看

[bɜ]-[d]
1 2   3
子母   子

船
boat
[bot]

拼拼看

[bo]-[t]
1 2   3
子母   子

書
book
[bʊk]

拼拼看

[bʊ]-[k]
1 2   3
子母   子

巴士
bus
[bʌs]

拼拼看

[bʌ]-[s]
1 2   3
子母   子

汽車
car
[kɑr]

拼拼看

[kɑ]-[r]
1 2   3
子母   子

貓

cat
[kæt]

拼拼看

[kæ]-[t]
1 2　 3
子母　 子

椅子

chair
[tʃɛr]

拼拼看

[tʃɛ]-[r]
1 2　 3
子母　 子

乳酪

cheese
[tʃiz]

拼拼看

[tʃi]-[z]
1 2　 3
子母　 子

教堂

church
[tʃɝtʃ]

拼拼看

[tʃɝ]-[tʃ]
1 2　 3
子母　 子

外套

coat
[kot]

拼拼看

[ko]-[t]
1 2　3
子母　子

咖啡

coffee
[ˈkɔfɪ]

拼拼看

[kɔ]-[fɪ]
1 2　 3 4
子母　 子母

廚師
cook
[kʊk]

拼拼看

[kʊ]-[k]
1 2　3
子母　子

拷貝
copy
[ˈkɑpɪ]

拼拼看

[kɑ]-[pɪ]
1 2　3 4
子母　子母

杯子
cup
[kʌp]

拼拼看

[kʌ]-[p]
1 2　3
子母　子

可愛的
cute
[kjut]

拼拼看

[kju]-[t]
1 2　3
子複　子
　合

狗
dog
[dɔg]

拼拼看

[dɔ]-[g]
1 2　3
子母　子

爸爸
father
[ˈfɑðɚ]

拼拼看

[fɑ]-[ðɚ]
1 2　3 4
子母　子母

腳（複數）

feet
[fit]

拼拼看

[fi]-[t]
1 2　3
子母　子

魚

fish
[fɪʃ]

拼拼看

[fɪ]-[ʃ]
1 2　3
子母　子

五

five
[faɪv]

拼拼看

[faɪ]-[v]
1 2　　3
子雙　　子
母

霧

fog
[fɔg]

拼拼看

[fɔ]-[g]
1 2　3
子母　子

腳（單數）

foot
[fʊt]

拼拼看

[fʊ]-[t]
1 2　3
子母　子

加油喔！

比賽

game
[gem]

拼拼看

[ge]-[m]
1 2   3
子母   子

山羊

goat
[got]

拼拼看

[go]-[t]
1 2   3
子母   子

家

home
[hom]

拼拼看

[ho]-[m]
1 2   3
子母   子

房屋

house
[haʊs]

拼拼看

[haʊ]-[s]
1 2   3
子雙   子
  母

刀子

knife
[naɪf]

拼拼看

[naɪ]-[f]
1 2   3
子雙   子
ㄋ母

葉子

leaf
[lif]

拼拼看

[li]-[f]
1 2   3
子母   子
ㄌ

火柴

match

[mætʃ]

拼拼看

[mæ]-[tʃ]
1 2　3
子母　子
ㄇ

尺寸

measure

[ˈmɛʒɚ]

拼拼看

[mɛ]-[ʒɚ]
1 2　34
子母　子母
ㄇ

菜單

menu

[ˈmɛnju]

拼拼看

[mɛ]-[nju]
1 2　3 4
子母　子複
ㄇ　　ㄋ合

月亮

moon

[mun]

拼拼看

[mu]-[n]
1 2　3
子母　子
ㄇ

母親

mother

[ˈmʌðɚ]

拼拼看

[mʌ]-[ðɚ]
1 2　34
子母　子母
ㄇ

嘴

mouth

[mauθ]

拼拼看

[mau]-[θ]
1 2　3
子雙　子
ㄇ母

好的

nice

[naɪs]

拼拼看

[naɪ]-[s]
1 2　　3
子 雙　　子
ㄋ 母

護士

nurse

[nɝs]

拼拼看

[nɝ]-[s]
1 2　　3
子 母　　子
ㄋ

和平

peace

[pis]

拼拼看

[pi]-[s]
1 2　　3
子 母　　子

豬

pig

[pɪg]

拼拼看

[pɪ]-[g]
1 2　　3
子 母　　子

披薩

pizza

[ˈpitsə]

拼拼看

[pi]-[tsə]
1 2　　3 4 5
子 母　　子 子 母
　　　　　ㄘ

打（球）的打

play

[ple]

拼拼看

[p]-[le]
1　　2 3
子　　子 母
　　　　ㄌ

戒指

ring

[rɪŋ]

拼拼看

[rɪ]-[ŋ]
1 2　3
子母　子

船

ship

[ʃɪp]

拼拼看

[ʃɪ]-[p]
1 2　3
子母　子

襯衫

shirt

[ʃɝt]

拼拼看

[ʃɝ]-[t]
1 2　3
子母　子

商店

shop

[ʃɑp]

拼拼看

[ʃɑ]-[p]
1 2　3
子母　子

歌

song

[sɔŋ]

拼拼看

[sɔ]-[ŋ]
1 2　3
子母　子

太陽

sun

[sʌn]

拼拼看

[sʌ]-[n]
1 2　3
子母　子

台北
Taipei
[ˈtaɪˈpe]

拼拼看

[taɪ]-[pe]
1 2　3 4
子雙　子母
　母

老師
teacher
[ˈtitʃɚ]

拼拼看

[ti]-[tʃɚ]
1 2　3 4
子母　子母

牙齒（複數）
teeth
[tiθ]

拼拼看

[ti]-[θ]
1 2　3
子母　子

三
three
[θri]

拼拼看

[θ]-[ri]
1　2 3
子　子母

時間
time
[taɪm]

拼拼看

[taɪ]-[m]
1 2　3
子雙　子
　母

小費
tip
[tɪp]

拼拼看

[tɪ]-[p]
1 2　3
子母　子

豆腐

tofu

[ˈtoˈfu]

拼拼看

[to]-[fu]
1 2 3 4
子母 子母

牙齒（單數）

tooth

[tuθ]

拼拼看

[tu]-[θ]
1 2   3
子母   子

樹

tree

[tri]

拼拼看

[t]-[ri]
1   2 3
子   子母
ㄊ

花瓶

vase

[ves]

拼拼看

[ve]-[s]
1 2   3
子母   子

錶

watch

[watʃ]

拼拼看

[wa]-[tʃ]
1 2   3
半母 子
母

水

water

[ˈwatɚ]

拼拼看

[wa]-[tɚ]
1 2   3 4
半母 子母
母

週

week
[wik]

拼拼看

[wi]-[k]
1 2　3
半母　子
母

工人

worker
[ˈwɝkɚ]

拼拼看

[wɝ]-[kɚ]
1 2　3 4
半母　子母
母

遊艇

yacht
[jɑt]

拼拼看

[jɑ]-[t]
1 2　3
半母　子
母

黃色

yellow
[ˈjɛlo]

拼拼看

[jɛ]-[lo]
1 2　3 4
半母　子母
母　　ㄌ

是的

yes
[jɛs]

拼拼看

[jɛ]-[s]
1 2　3
半母　子
母

零

zero
[ˈzɪro]

拼拼看

[zɪ]-[ro]
1 2　3 4
子母　子母

竹子

bamboo

[bæmˈbu]

拼拼看

[bæ]-[m]-[bu]

1 2　　3　　4 5

子母　　子　　子母

街區

block

[blɑk]

拼拼看

[b]-[lɑ]-[k]

1　　2 3　　4

子　　子母　　子

　　　ㄌ

閃電

bolt

[bolt]

拼拼看

[bo]-[l]-[t]

1 2　　3　　4

子母　　子　　子

箱子

box

[bɑks]

拼拼看

[bɑ]-[k]-[s]

1 2　　3　　4

子母　　子　　子

兄（或弟）

brother

[ˈbrʌðɚ]

拼拼看

[b]-[rʌ]-[ðɚ]

1　　2 3　　4 5

子　　子母　　子母

醫生

doctor

[ˈdɑktɚ]

拼拼看

[dɑ]-[k]-[tɚ]

1 2　　3　　4 5

子母　　子　　子母

花

flower

[ˈflauɚ]

拼拼看

[f]-[lau]-[ɚ]
1　2 3　 4
子　子雙　母
　　ㄌ母

草

grass

[græs]

拼拼看

[g]-[ræ]-[s]
1　2 3　4
子　子母　子

旅館

hotel

[hoˈtɛl]

拼拼看

[ho]-[tɛ]-[l]
1 2　3 4　5
子母　子母　子

夾克

jacket

[ˈdʒækɪt]

拼拼看

[dʒæ]-[kɪ]-[t]
1 2　3 4　5
子母　子母　子

日本

Japan

[dʒəˈpæn]

拼拼看

[dʒə]-[pæ]-[n]
1 2　3 4　5
子母　子母　子

牛仔褲

jeans

[dʒinz]

拼拼看

[dʒi]-[n]-[z]
1 2　3　4
子母　子　子

韓國
Korea
[koˈriə]

拼拼看

[ko]-[ri]-[ə]
1 2　3 4　5
子母　子母　母

燈
lamp
[læmp]

拼拼看

[læ]-[m]-[p]
1 2　　3　　4
子母　　子　　子
ㄌ

獅子
lion
[ˈlaɪən]

拼拼看

[laɪ]-[ə]-[n]
1 2　　3　　4
子雙　　母　　子
ㄌ母

彩色筆
marker
[ˈmarkɚ]

拼拼看

[ma]-[r]-[kɚ]
1 2　　3　　4 5
子母　　子　　子母
ㄇ

山
mountain
[ˈmaʊntn̩]=[ˈmaʊntən]

拼拼看

[maʊ]-[n]-[tə]-[n]
1 2　　3　　4 5　　6
子雙　　子　　子母　　子
ㄇ母

音樂
music
[ˈmjuzɪk]

拼拼看

[mju]-[zɪ]-[k]
1 2　　3 4　　5
子複　　子母　　子
ㄇ合

號碼

number

[ˈnʌmbɚ]

拼拼看

[nʌ]-[m]-[bɚ]
1 2　　3　　4 5
子母　　子　　子母
ㄋ

圖畫、照片

picture

[ˈpɪktʃɚ]

拼拼看

[pɪ]-[k]-[tʃɚ]
1 2　　3　　4 5
子母　　子　　子母

地方

place

[ples]

拼拼看

[p]-[le]-[s]
1　　2 3　　4
子　　子母　　子
　　　ㄌ

郵件

post

[post]

拼拼看

[po]-[s]-[t]
1 2　　3　　4
子母　　子　　子

兔子

rabbit

[ˈræbɪt]

拼拼看

[ræ]-[bɪ]-[t]
1 2　　3 4　　5
子母　　子母　　子

沙拉

salad

[ˈsæləd]

拼拼看

[sæ]-[lə]-[d]
1 2　　3 4　　5
子母　　子母　　子
　　　ㄌ

桌子
table
[ˈtebḷ]＝[ˈte bəl]

拼拼看

[te]-[bə]-[l]
1 2　3 4　5
子母　子母　子

台灣
Taiwan
[ˈtaɪˈwɑn]

拼拼看

[taɪ]-[wɑ]-[n]
1 2　3 4　5
子雙　半母　子
　母　　母

坦克
tank
[tæŋk]

拼拼看

[tæ]-[ŋ]-[k]
1 2　3　4
子母　子　子

計程車
taxi
[ˈtæksɪ]

拼拼看

[tæ]-[k]-[sɪ]
1 2　3　4 5
子母　子　子母

寶物
treasure
[ˈtrɛʒɚ]

拼拼看

[t]-[rɛ]-[ʒɚ]
1　2 3　4 5
子　子母　子母
ㄅ

背心
vest
[vɛst]

拼拼看

[vɛ]-[s]-[t]
1 2　3　4
子母　子　子

你很快就要成為音標專家囉！

美國
America
[əˈmɛrɪkə]

拼拼看
[ə]-[mɛ]-[rɪ]-[kə]
1　2　3　45　6　7
母　子母　子母　子母
　　ㄇ

八月
August
[ˈɔgəst]

拼拼看
[ɔ]-[gə]-[s]-[t]
1　2　3　4　5
母　子母　子　子

美麗的
beautiful
[ˈbjutəfəl]

拼拼看
[bju]-[tə]-[fə]-[l]
1　2　3　4　5　6　7
子　複　子母　子母　子
　　合

棒球
baseball
[ˈbesˌbɔl]

拼拼看
[be]-[s]-[bɔ]-[l]
1　2　3　4　5　6
子母　子　子母　子

手機
cellphone
[ˈsɛlˌfon]

拼拼看
[sɛ]-[l]-[fo]-[n]
1　2　3　4　5　6
子母　子　子母　子

龍

dragon
[ˈdræɡən]

拼拼看

[d]-[ræ]-[ɡə]-[n]
1　2 3　4 5　6
子　子母　子母　子
卫

巨人

giant
[ˈdʒaɪənt]

拼拼看

[dʒaɪ]-[ə]-[n]-[t]
1 2　3　4　5
子雙　母　子　子
母

鉛筆

pencil
[ˈpɛnsl̩]=[ˈpɛnsəl]

拼拼看

[pɛ]-[n]-[sə]-[l]
1 2　3　4 5　6
子母　子　子母　子

你真是太棒了！

電話

telephone
[ˈtɛləˌfon]

拼拼看

[tɛ]-[lə]-[fo]-[n]
1 2　3 4　5 6　7
子母　子母　子母　子
　　　ㄌ

謝謝

thanks
[θæŋks]

拼拼看

[θæ]-[ŋ]-[k]-[s]
1 2　3　4　5
子母　子　子　子

千

thousand

[ˈθauzn̩d]=[ˈθau zənd]

拼拼看

[θau]-[zə]-[n]-[d]

1 2　　3 4　　5　　6

子 雙　　子 母　　子　　子
　　母

飲料

drinks

[drɪŋks]

拼拼看

[d]-[rɪ]-[ŋ]-[k]-[s]

1　　2 3　　4　　5　　6

子　　子 母　　子　　子　　子
ㄓ

百

hundred

[ˈhʌndrəd]

拼拼看

[hʌ]-[n]-[d]-[rə]-[d]

1 2　　3　　4　　5 6　　7

子 母　　子　　子　　子 母　　子
　　　　　　ㄓ

三明治

sandwich

[ˈsændwɪtʃ]

拼拼看

[ˈsæ]-[n]-[d]-[wɪ]-[tʃ]

1 2　　3　　4　　5 6　　7

子 母　　子　　子　　半 母　　子
　　　　　　　　　　母

電視機

television

[ˈtɛləˌvɪ ʒən]

拼拼看

[tɛ]-[lə]-[vɪ]-[ʒə]-[n]

1 2　　3 4　　5 6　　7 8　　9

子 母　　子 母　　子 母　　子 母　　子
　　　　ㄌ

牛刀小試

請拼唸出下列名言：

1. Knowledge is power.

　　['nɑlɪdʒ]　[ɪz] ['paʊɚ]

　　知識　　是 力量（知識就是力量。）

2. Ignorance is not innocence but sin.

　['ɪgnərəns] [ɪz] [nɑt] ['ɪnəsn̩s]　[bʌt] [sɪn]

　　無知　　不是　　純真　　而是 罪惡

（無知並非純真，而是罪惡。）

3. Learning does not stop as long as a man lives.

　　['lɜnɪŋ]　　[dʌz] [nɑt] [stɑp] [əz] [lɔŋ] [əz] [ə] [mæn] [lɪvz]

　　學習　　　不 停止　只要　　一 人 活著

（人只要活著，學習就不該停下來。＝學無止境。）

PART 2

第二部分
自然發音教學

導論：學會自然發音，
　　　更增強單字唸背功力

一、自然發音基本口訣總表

二、自然發音基本口訣分段學習

學會自然發音，
更增強單字唸背功力

學會KK音標拼音＋知道自然發音規則
＝具備單字拼唸的能力

自然發音就是看字母讀音唸出單字。譬如：照片photo，如果我們學過ph的自然發音是唸 [f]，則photo就容易唸出來，而且對於photo這個字印象更深刻，有助唸背。

但是，因為很多的英語字母在每個單字裡的發音常不相同（尤其是母音），就連美國人也常會唸出錯別字，更何況是我們。所以筆者還是希望讀者們，仍是要學會英語字的基本音（也就是音標），碰到不會唸的英語生字，先查字典用音標拼音，不要亂猜亂唸才不容易唸出錯別字。

譬如：披薩pizza，很多人沒唸正確，因為他們常把z唸成 [z]。而pizza的正確讀音是 [ˈpitsə]，pizza中的z應該要唸 [ts]ㄘ。如果不看音標就很容易唸錯。

就像唸國字一樣，每一個人都不願意唸出錯別字貽笑大方。所以筆者還是不厭其煩提醒讀者們要學會音標。

話說純以自然發音（看字母讀音）唸單字雖然很容易出錯，但是如果學會音標拼音又了解自然發音的規則，知道哪些字母發什麼音，對於唸背單字是非常有幫助的。

譬如：披薩pizza，先用音標 [ˈpitsə] 拼出音，首先pizza這個字發音就不會出錯。接著用自然發音去分析：字母i是唸 [i]、z唸 [ts]、a唸

[ə]，那麼pizza這個字的發音結構就很清楚，下一次再看到pizza這個字時，不但會唸正確的音，而且一唸出 [ˈpitsə] 這個字，很容易就會想到是pizza，唸背單字變得非常容易。

所以，如果能夠學會KK音標拼音，又知道自然發音的規則，那就太完美了。

本書獨創自然發音基本口訣，
可以很快記會哪些字母常發什麼音

本書的自然發音採用「口訣式」教學，效果第一，無與倫比，說明如下：

1. 本口訣編於1999年。命名為「基本口訣」乃表示本口訣是「較常見、較規則」的發音。因此一些例外的發音並沒列入，另列「例外字」，以免讀者初學就感覺太複雜，反而不好。

2. 本口訣分為子音、母音二部分，除了必須特別安排在一起的字母外，整個口訣仍依照A到Z的順序編排。

3. 在自然發音的口訣中，有些口訣的唸法和KK音標不同。譬如：在音標口訣中，我們唸的「abb [b]」，在自然發音口訣中則唸成「b唸 [b]」，那是因應不同的口訣系統所做的改變，以便同學能唸的順溜，請了解。

4. 編輯口訣的主要用意，就是希望讀者能很快學會什麼字母常發什麼音，以便應用在單字的唸背。所以請讀者務必要先唸熟口訣，能脫口而出。示範字的部分係供讀者對照字母和音標的關系，加深對自然發音的了解。

5. 本教材以教學法取勝，所以每種發音只列舉少許示範字。

6. 本書口訣皆筆者所獨創，好學又好記，全世界獨一無二。

一 自然發音基本口訣

1.子音口訣 🎧 MP3-43

（1）**b**唸 [b]　　**c**唸 [k]　　**ce**的**c**唸 [s]　　**ci**的**c**唸 [s]

　　cy的**c**唸 [s]　　**ch**唸 [tʃ]

（2）**d**唸 [d]　　**d**在**r**前改唸ㄗ　　**ds**、**dz**合唸ㄗ　　**f**唸 [f]

　　gh唸 [f]　　**ph**唸 [f]

（3）**g**唸 [g]　　**ge**的**g**唸 [dʒ]　　**gi**的**g**唸 [dʒ]　　**j**唸 [dʒ]

　　h唸 [h]　　**k**唸 [k]

（4）**l**唸 [l] 拼音ㄌ　　**m**唸 [m] 拼音ㄇ　　**n**唸 [n] 拼音ㄋ

　　ng的**n**唸便便音的 [ŋ]　　**nk**的**n**唸便便音的 [ŋ]

（5）**p**唸 [p]　　**qu**唸 [kw]　　**r**唸 [r]　　**s**唸 [s]　　**sh**唸 [ʃ]

（6）**t**唸 [t]　　**th**唸舌出氣的 [θ] 或舌出聲的 [ð]

　　t在**r**前改唸ㄘ　　**ts**、**tz**合唸ㄘ

（7）**v**唸 [v]　　**w**唸 [w]　　**x**唸 [ks] 或 [gz]　　**z**唸 [z]

（8）**y**唸 [j]；**y**唸 [aɪ]；**y**唸 [ɪ]

　　y拼母音唸 [j]

　　y被子音拼，重音節唸**y**的 [aɪ]

　　y被子音拼，單音節也唸**y**的 [aɪ]

　　y被子音拼，輕音節唸**y**的 [ɪ]

2.母音口訣 MP3-44

（1）長音規則：子母子 e 長音結構時 e 不唸，母音唸長音、
自己的音

a長唸 [e]　　**e**長唸 [i]　　**i**長唸 [aɪ]　　**o**長唸 [o]

u長唸 [ju] 或唸 [u]

（2）短音規則（一）：子母子短音結構時，母音唸短音

***a**短唸 [æ]　　**e**短唸 [ɛ]　　**i**短唸 [ɪ]　　**o**短唸 [ɔ]

u短唸 [ʌ] 最常見

（3）短音規則（二）：子母子短音結構時，母音唸短音

***a**短唸 [ɛ]　　**e**短唸 [ɪ]⋯⋯⋯⋯⋯⋯⋯**u**短唸 [ʊ] 較少見

***a**短唸 [ɔ]⋯⋯⋯⋯⋯⋯⋯⋯⋯⋯**o**短唸 [ɑ] 或唸 [ʌ] 很特殊

（4）**ai**唸 [e] **a**的音　　**ay**唸 [e] **a**的音

au相連常唸 [ɔ]　　**aw**相連常唸 [ɔ]

（5）**ea**唸 [i] **e**的音　　**ee**唸 [i] **e**的音　　**ey**唸 [i] 或唸 [ɪ]

ew唸 [ju] 很自然　　**eau**也唸 [ju]

（6）**oa** 唸 [o] **o**的音　　**oo**唸 [u] 或唸 [ʊ]

ou [aʊ]　　**ow** [aʊ] [aʊ] [aʊ] [aʊ]

o唸 [ɔ]　　**y**唸 [ɪ]　　**oy**唸 [ɔɪ] 看就懂　　**oi**也唸 [ɔɪ]

（7）母音若在輕音節，常唸 [ə] 音輕帶過

（8）儿字群 **ar**、**er**、**ir**、**or**、**ur**⋯重、單音節唸 [ɝ]，
輕音節唸 [ɚ]

二 自然發音基本口訣分段學習

1. 子音口訣（1） 🔘 MP3-45

b唸 [b]　c唸 [k]　ce的c唸 [s]　ci的c唸 [s]
cy的c唸 [s]　ch唸 [tʃ]

示範字

（1）鳥　**bird** [bɜd] b唸 [b]

（2）貓　**cat** [kæt] c唸 [k]

（3）好的　**nice** [naɪs] ce的c唸 [s]（ce的e在字尾常不發音）

（4）鉛筆　**pencil** [ˈpɛnsl̩] ci的c唸 [s]

（5）腳踏車　**bicycle** [ˈbaɪsɪkl̩] cy的c唸 [s]

（6）椅子　**chair** [tʃɛr] ch唸 [tʃ]

例外字

　　上述口訣和示範字是常見的發音規則，下列的則是例外的發音。切記，看字母發音例外的很多，最保險、不會唸錯的辦法還是要查字典，用音標拼音。自然發音的規則、口訣，則是供我們了解每個字裡字母的發音結構，以便於唸背單字。

　　譬如：

（1）感激 appreciate [əˋpriʃɪˏet]　ci的c是唸 [ʃ]，不是唸 [s]

（2）可口的 delicious [dɪˋlɪʃəs]　ci合唸 [ʃ]（c不是單獨唸 [s]）

（3）學校 school [skul]　ch的h不發音，只有c發音，唸 [k]

（4）聖誕節 Christmas [ˋkrɪsməs]　ch的h不發音，只有c發音，唸 [k]
　　　（t也不發音）

（5）芝加哥（美國城市）Chicago [ʃɪˋkɑgo]　ch唸 [ʃ] 不是唸 [tʃ]

牛刀小試

b唸 [　　]　c唸 [　　]　ce的c唸 [　　]　ci的c唸 [　　]

cy的c唸 [　　]　ch唸 [　　]

2. 子音口訣（2） 🔘 MP3-46

d唸 [d]　d在r前改唸ㄗˋ　ds、dz合唸ㄗˋ
f唸 [f]　gh唸 [f]　ph唸 [f]

示範字

（1）鳥　**bird** [bɝd]　ᵈ唸 [d]

（2）百　**hundred** [ˈhʌndrəd]　ᵈ在r前改唸ㄗˋ

（3）鳥的複數　**birds** [bɝdz]　ᵈˢ、ᵈᶻ合唸ㄗˋ

（4）五　**five** [faɪv]　ᶠ唸 [f]

（5）笑　**laugh** [læf]　ᵍʰ唸 [f]

（6）照片　**photo** [ˈfoto]　ᵖʰ唸 [f]

上述口訣和示範字是常見的發音規則，下列的則是例外的發音。切記，看字母發音例外的很多，最保險、不會唸錯的辦法還是要查字典，用音標拼音。自然發音的規則、口訣，則是供我們了解每個字裡字母的發音結構，以便於唸背單字。

譬如：

（1）鬼、靈魂 ghost [gost]　gh的h不發音，只有g發音，唸 [g]

（2）對的 right [raɪt]　gh兩個字母都不發音

d唸 [　]　　d在r前改唸 [　]　　ds、dz合唸 [　]

f唸 [　]　　gh唸 [　]　　ph唸 [　]

3. 子音口訣（3） MP3-47

g唸 [g]　　ge的g唸 [dʒ]　　gi的g唸 [dʒ]
j唸 [dʒ]　　h唸 [h]　　k唸 [k]

示範字

（1）狗　**dog** [dɔg] g唸 [g]

（2）改變　**change** [tʃendʒ] ge的g唸 [dʒ]（e在字尾常不發音）

（3）生薑　**ginger** [ˈdʒɪndʒɚ] gi的g唸 [dʒ]

（4）夾克　**jacket** [ˈdʒækɪt] j唸 [dʒ]

（5）他　**he** [hi] h唸 [h]

（6）書　**book** [bʊk] k唸 [k]

例外字

　　上述口訣和示範字是常見的發音規則，下列的則是例外的發音。切記，看字母發音例外的很多，最保險、不會唸錯的辦法還是要查字典，用音標拼音。自然發音的規則、口訣，則是供我們了解每個字裡字母的發音結構，以便於唸背單字。

　　譬如：

（1）得到 get [gɛt]　雖然是ge，但是這裡的g唸 [g]，不是唸 [dʒ]

（2）噴泉 geyser [ˈgaɪzə]　雖然是ge，但是這裡的g唸 [g]，不是唸 [dʒ]

（3）給予 give [gɪv]　雖然是gi，但是這裡的g唸 [g]，不是唸 [dʒ]

（4）禮物 gift [gɪft]　雖然是gi，但是這裡的g唸 [g]，不是唸 [dʒ]

g唸 [　]　ge的g唸 [　]　gi的g唸 [　]

j唸 [　]　h唸 [　]　k唸 [　]

4. 子音口訣（4） MP3-48

l唸 [l] 拼音ㄌ m唸 [m] 拼音ㄇ n唸 [n] 拼音ㄋ
ng的n唸便便音的 [ŋ] nk的n唸便便音的 [ŋ]

註 為了使自然發音口訣唸得順溜，本口訣的用詞和KK音標的口訣有點不同。
譬如：音標口訣中唸「l 的 [l] 拼音ㄌ」；自然發音口訣則是「l 的 [l] 拼音ㄌ」。

示範字

（1）球　**ball** [bɔl] l在字尾不需要拼音，要唸自然發音l的 [l]

（2）手機　**cellphone** [ˈsɛl.fon] l後面是子音，不能拼音，
要唸自然發音l的 [l]

（3）喜愛　**love** [lʌv] l後面是母音可以拼音，l唸ㄌ比較好拼音

（4）房間　**room** [rum] m在字尾不需要拼音，要唸自然發音m
的 [m]

（5）竹子　**bamboo** [bæmˈbu] m後面是子音，不能拼音，
要唸自然發音m的 [m]

（6）我的　**my** [maɪ] m後面是雙母音可以拼音，m唸ㄇ比較好拼
音

（7）十　**ten** [tɛn] n在字尾不需要拼音，要唸自然發音n的 [n]

（8）彩虹　**rainbow** [ˈrenˌbo] n後面是子音，不能拼音，
　　　　　　　　　　　　　　要唸自然發音n的 [n]

（9）不　**no** [no] n後面是母音可以拼音，n唸ㄋ比較好拼音

（10）國王　**king** [kɪŋ] ng的n唸便便音的 [ŋ]（g在字尾常不發
　　　　　　　　　　　　音）

（11）手指　**finger** [ˈfɪŋɡɚ] ng的n唸便便音的 [ŋ]

（12）銀行　**bank** [bæŋk] nk的n唸便便音的 [ŋ]

（13）粉紅色　**pink** [pɪŋk] nk的n唸便便音的 [ŋ]

例外字

（1）改變 change [tʃendʒ]　後面ge的g唸 [dʒ]，所以ng的n唸 [n] 不唸 [ŋ]

（2）範圍 range [rendʒ]　後面ge的g唸 [dʒ]，所以ng的n唸 [n] 不唸 [ŋ]

註　ng的n唸便便音的[ŋ]，常發生於n後面接的g是發[ɡ]的音。若n後面的g發[dʒ]，則n
　　仍發一般的[n]。

l唸 [　] 拼音（　）　m唸 [　] 拼音（　）　n唸 [　] 拼音（　）

ng的n唸便便音的 [　]　nk的n唸便便音的 [　]

5. 子音口訣（5） MP3-49

p唸 [p]　qu唸 [kw]　r唸 [r]　s唸 [s]
sh唸 [ʃ]

示範字

（1）杯子　**cup** [kʌp] p唸 [p]

（2）皇后　**queen** [kwin] qu唸 [kw]

（3）路　**road** [rod] r唸 [r]

（4）巴士　**bus** [bʌs] s唸 [s]

（5）魚　**fish** [fɪʃ] sh唸 [ʃ]

例外字

　　上述口訣和示範字是常見的發音規則，下列的則是例外的發音。切記，看字母發音例外的很多，最保險、不會唸錯的辦法還是要查字典，用音標拼音。自然發音的規則、口訣，則是供我們了解每個字裡字母的發音結構，以便於唸背單字。

　　譬如：

（1）任務 mission [ˈmɪʃən]　si合在一起，在這裡唸 [ʃ]，s不能單獨唸 [s]

（2）電視 television [ˈtɛləˌvɪʒən]　si合在一起，在這裡唸 [ʒ]，s不能單獨唸 [s]

（3）確定 sure [ʃur]　這裡的s唸 [ʃ]，不唸 [s]

（4）尺寸 measure [ˈmɛʒɚ]　這裡的s唸 [ʒ]，不唸 [s]

p唸 [　　]　qu唸 [　　]　r唸 [　　]　s唸 [　　]

sh唸 [　　]

6. 子音口訣（6） MP3-50

t唸 [t]　th唸舌出氣的 [θ] 或舌出聲的 [ð]
t在r前改唸ㄓ　ts、tz合唸ㄘ

示範字

（1）八　**eight** [et] t唸 [t]（gh不發音）

（2）謝謝　**thanks** [θæŋks] th唸舌出氣的 [θ]

（3）父親　**father** [ˈfɑðɚ] th唸舌出聲的 [ð]

（4）樹　**tree** [tri] t在r前改唸ㄓ

（5）貓的複數　**cats** [kæts] ts、tz合唸ㄘ

例外字

　　上述口訣和示範字是常見的發音規則，下列的則是例外的發音。切記，看字母發音例外的很多，最保險、不會唸錯的辦法還是要查字典，用音標拼音。自然發音的規則、口訣，則是供我們了解每個字裡字母的發音結構，以便於唸背單字。

　　譬如：

（1）車站 station [ˈsteʃən]　ti合在一起，在這裡唸 [ʃ]，t不能單獨唸 [t]

（2）問題 question [ˈkwɛstʃən]　ti合在一起，在這裡唸 [tʃ]，t不能單獨唸 [t]

（3）圖畫、照片 picture [ˈpɪktʃɚ]　這裡的t唸 [tʃ]，不唸 [t]

t唸 [　]　th唸舌出氣的 [　] 或舌出聲的 [　]

t在r前改唸（　　）　ts、tz合唸（　　）

7. 子音口訣（7） MP3-51

v唸 [v]　w唸 [w]
x唸 [ks] 或 [gz]　z唸 [z]

示範字

（1）五　**five** [faɪv] v唸 [v]

（2）我們　**we** [wi] w唸 [w]

（3）稅　**tax** [tæks] x唸 [ks]

（4）考試　**exam** [ɪgˊzæm] x唸 [gz]

（5）動物園　**zoo** [zu] z唸 [z]

例外字

　　上述口訣和示範字是常見的發音規則，下列的則是例外的發音。切記，看字母發音例外的很多，最保險、不會唸錯的辦法還是要查字典，用音標拼音。自然發音的規則、口訣，則是供我們了解每個字裡字母的發音結構，以便於唸背單字。

　　譬如：

（1）錯的 wrong [rɔŋ]　　w在r前常不發音

（2）手腕 wrist [rɪst]　　w在r前常不發音

（3）寫 write [raɪt]　　w在r前常不發音

v唸 [　　]　w唸 [　　]

x唸 [　　] 或 [　　]　z唸 [　　]

自然發音教學

KK音標・自然發音同步速成 141

8. 子音口訣（8） 🔘 MP3-52

y唸 [j]；y唸 [aɪ]；y唸 [ɪ]
y拼母音唸 [j]
y被子音拼，重音節唸y的 [aɪ]
y被子音拼，單音節也唸y的 [aɪ]
y被子音拼，輕音節唸y的 [ɪ]

示範字

（1）是的 **yes** [jɛs] y拼母音唸 [j]

（2）東京 **Tokyo** [ˈtokjo] y拼母音唸 [j]

（3）供給 **supply** [səˈplaɪ] y被子音拼而且在重音節時，唸y
的 [aɪ]

※ supply [səˈplaɪ] [sə] 是輕音節，[plaɪ] 是重音節

（4）蒼蠅 **fly** [flaɪ] y被子音拼而且在單音節時，也唸y的 [aɪ]

※ fly [flaɪ] 沒有輕重音，是單音節。單音節視同重音節。

（5）瑪莉　**Mary** [ˈmɛrɪ] y被子音拼而且在輕音節時，唸y的 [ɪ]

※ Mary [ˈmɛrɪ] [mɛ] 是重音節，[rɪ] 是輕音節

作者特別說明

　　字母y的自然發音唸 [j]、[aɪ] 或 [ɪ]，本應列在自然發音的「母音口訣」中。但是為了讓自然發音「子音口訣」的順序和KK音標「子音口訣」的順序一樣，也從a b c d排到x y z，所以將字母y的自然發音列在「子音口訣」中，排在最末，即是本頁，敬請了解。按，本書第26、27頁KK音標「子音口訣」中，第1個音標到第14個音標的順序是從a b c d排到x y z。

牛刀小試

y唸 [　　] ; y唸 [　　] ; y唸 [　　]

y拼母音唸 [　　]

y被子音拼，重音節唸y的 [　　]

y被子音拼，單音節也唸y的 [　　]

y被子音拼，輕音節唸y的 [　　]

9. 母音口訣（1） 🎧 MP3-53

長音規則：子母子e長音結構時　e不唸，母音唸長
　　　　　音、自己的音
a長唸 [e]　e長唸 [i]　i長唸 [aɪ]　o長唸 [o]
u長唸 [ju] 或唸 [u]

🈲 所謂「子母子e長音結構」乃是筆者自創之新名詞，指的是母音a、e、i、o、u若被
兩個子音夾著，後面又跟著e。
子母子e長音結構最常見的發音是，後面的e不發音，母音a、e、i、o、u則唸長音，
也就是自己的音：a長唸 [e]、e長唸 [i]、i長唸 [aɪ]、o長唸 [o]、u長唸 [ju] 或唸 [u]。

示範字

（1）名字　**name** [nem] 長音結構，後面的e不唸，a唸長音、
　　　　　子母子e　　　　　自己的音 [e]

（2）時間　**time** [taɪm] 長音結構，後面的e不唸，i唸長音、自
　　　　　子母子e　　　　　己的音 [aɪ]

（3）筆記　**note** [not] 長音結構，後面的e不唸，o唸長音、自己
　　　　　子母子e　　　　　的音 [o]

（4）曲調　**tune** [tjun] 或唸 [tun] 長音結構，後面的e不唸，u唸
　　　　　子母子e　　　　　長音、自己的音 [ju] 或唸 [u]

🈲 他 h e [hi]，我們 w e [wi]，去 g o [go]，子母結構，母音也常唸自己的音。
　　　　子母　　　　　子母　　　　　子母

例外字

　　上述口訣和示範字是常見的發音規則，下列的則是例外的發音。切記，看字母發音例外的很多，最保險、不會唸錯的辦法還是要查字典，用音標拼音。自然發音的規則、口訣，則是供我們了解每個字裡字母的發音結構，以便於唸背單字。

　　譬如：

（1）給 give [gɪv]　雖然是長音結構，但是母音i唸短音 [ɪ]，不是唸長音、自己的音 [aɪ]

（2）當然的 sure [ʃʊr]　雖然是長音結構，但是母音u唸短音 [ʊ]，不是唸長音、自己的音 [ju]

（3）照顧 care [kɛr]　雖然是長音結構，但是母音a若接r時，常改唸短音 [ɛ]，不是唸長音、自己的音 [e]

子母子e長音結構時　e不唸，母音唸長音、自己的音

a長唸 [　　]　e長唸 [　　]　i長唸 [　　]　o長唸 [　　]

u長唸 [　　] 或唸 [　　]

10. 母音口訣（2） 🔘 MP3-54

短音規則（一）：
子母子短音結構時，母音唸短音
a短唸 [æ]　e短唸 [ɛ]　i短唸 [ɪ]
o短唸 [ɔ]　u短唸 [ʌ] 最常見

🔵註 所謂「子母子短音結構」乃是筆者自創之新名詞，指的是母音a、e、i、o、u若被
兩個子音夾著（後面沒有e）。
子母子短音結構a、e、i、o、u的發音比較多樣複雜，筆者特分之為（1）最常見
（2）較少見、很特殊二種口訣。

示範字

（1）貓　**cat** [kæt] 子母子短音結構，a短唸 [æ] 最常見
　　　子母子

（2）寵物　**pet** [pɛt] 子母子短音結構，e短唸 [ɛ] 最常見
　　　子母子

（3）小費　**tip** [tɪp] 子母子短音結構，i短唸 [ɪ] 最常見
　　　子母子

（4）狗　**dog** [dɔg] 子母子短音結構，o短唸 [ɔ] 最常見
　　　子母子

（5）杯子　**cup** [kʌp] 子母子短音結構，u短唸 [ʌ] 最常見
　　　子母子

🔵註 a t [æt] 在，i n [ɪn] 在…之內母子結構，母音也常唸短音
　　母子　　　母子

例外字

譬如：

（1）種類 k i n d [kaɪnd] 　雖是子母子短音結構，i 卻是唸長音 [aɪ]，不
　　　子母子子　　　　　　　是短音 [ɪ]

（2）心意 m i n d [maɪnd] 　雖是子母子短音結構，i 卻是唸長音 [aɪ]，不
　　　子母子子　　　　　　　是短音 [ɪ]

（3）溫柔的 m i l d [maɪld] 　雖是子母子短音結構，i 卻是唸長音 [aɪ]，
　　　子母子子　　　　　　　　不是短音 [ɪ]

（4）野蠻的 w i l d [waɪld] 　雖是子母子短音結構，i 卻是唸長音 [aɪ]，
　　　子母子子　　　　　　　　不是短音 [ɪ]

（5）閃電 b o l t [bolt] 　雖然是子母子短音結構，o 卻是唸長音 [o]，不
　　　子母子子　　　　　　是短音 [ɔ]

（6）握著 h o l d [hold] 　雖然是子母子短音結構，o 卻是唸長音 [o]，不
　　　子母子子　　　　　　是短音 [ɔ]

（7）冷的 c o l d [kold] 　雖然是子母子短音結構，o 卻是唸長音 [o]，不
　　　子母子子　　　　　　是短音 [ɔ]

（8）郵件 p o s t [post] 　雖然是子母子短音結構，o 卻是唸長音 [o]，不
　　　子母子子　　　　　　是短音 [ɔ]

牛刀小試

子母子短音結構時，母音唸短音

a 短唸 [　]　　e 短唸 [　]　　i 短唸 [　]

o 短唸 [　]　　u 短唸 [　] 最常見

11. 母音口訣（3） MP3-55

短音規則（二）：子母子短音結構時，母音唸短音
（1）a短唸 [ɛ] e短唸 [ɪ] …………u短唸 [ʊ] 較少見
（2）a短唸 [ɔ] …………o短唸 [ɑ] 或唸 [ʌ] 很特殊

示範字

（1）籃球　**basketball** [ˈbæskɪt͵bɔl] 子母子短音結構
　　子母子　　　　　　　　　　　　e短唸 [ɪ] 但較少見

（2）放　**put** [pʊt] 子母子短音結構　u短唸 [ʊ] 但較少見
　　子母子

（3）球　**ball** [bɔl] 子母子短音結構　a在 l 前常唸 [ɔ] 很特殊
　　子母子

（4）盒子　**box** [bɑks] 子母子短音結構　o短唸 [ɑ] 很特殊
　　子母子

（5）兒子　**son** [sʌn] 子母子短音結構　o短唸 [ʌ] 很特殊
　　子母子

註 英語 English [ˈɪŋglɪʃ] 母子結構，母音也常唸短音，這裡的E唸短音的 [ɪ]。
　母子

教師參考 英文字母的發音很多樣，尤其是母音。學生常覺得很難記清楚繁雜的「母音長音規則和短音規則」。作者特提供以下教學實務經驗，請教師在教完學生「自然發音基本口訣」後，教學生如何快速分析「字母a.e.i.o.u.的可能發音」：

1.字母a的可能發音
　　（1）唸字母的音 [e]，或它的短音 [ɛ]。
　　（2）唸音標的音 [ɑ]，或它的短音 [ʌ]。
　　（3）唸 [ə] 的音，規則是：母音若在輕音節，常唸 [ə] 音輕帶過。
　　（4）唸其他可能的音，譬如 [æ]、[ɔ]、[ɪ]。

2.字母e的可能發音
　　（1）唸字母的音 [i]，或它的短音 [ɪ]。
　　（2）唸音標的音 [e]，或它的短音 [ɛ]。
　　（3）唸 [ə]，規則是：母音若在輕音節，常唸 [ə] 音輕帶過。
　　（4）唸其他可能的音。

3.字母i的可能發音
　　（1）唸字母的音 [aɪ]，或它的短音 [ɪ]。
　　（2）唸音標的音 [i]，或它的短音 [ɪ]。
　　（3）唸 [ə]，規則是：母音若在輕音節，常唸 [ə] 音輕帶過。
　　（4）唸其他可能的音。

4.字母o的可能發音
　　（1）唸字母的音 [o]，或它的短音 [ɔ]。
　　（2）唸音標的音 [o]，或它的短音 [ɔ]。
　　（3）唸 [ə]，規則是：母音若在輕音節，常唸 [ə] 音輕帶過。
　　（4）唸其他可能的音，譬如 [ɑ]。

5.字母u的可能發音
　　（1）唸字母的音 [ju]，或它的短音 [ʊ]。
　　（2）唸音標的音 [u]，或它的短音 [ʊ]。
　　（3）唸 [ə]，規則是：母音若在輕音節，常唸 [ə] 音輕帶過。
　　（4）唸其他可能的音，譬如 [jə]。

牛刀小試

a短唸 [　] e短唸 [　] ………………………………… u短唸 [　]較少見

a短唸 [　] ………………………… o短唸 [　] 或唸 [　]　很特殊

（側邊直排）自然發音教學

12. 母音口訣（4） 🎧 MP3-56

ai唸 [e] a的音　　ay唸 [e] a的音
au相連常唸 [ɔ]　　aw相連常唸 [ɔ]

示範字

（1）幫助　**aid** [ed] ai合在一起常只唸字母a的音 [e]，ai唸 [e] a的音

（2）等　**wait** [wet] ai合在一起常只唸字母a的音 [e]，ai唸 [e] a的音

（3）日子　**day** [de] ay合在一起常只唸字母a的音 [e]，ay唸 [e] a的音

（4）五月　**May** [me] ay合在一起常只唸字母a的音 [e]，ay唸 [e] a的音

（5）女兒　**daughter** [ˋdɔtɚ] au相連常唸 [ɔ]（這裡的gh不發音）

（6）八月　**August** [ˋɔgəst] au相連常唸 [ɔ]

（7）黎明　**dawn** [dɔn] aw相連常唸 [ɔ]

（8）鋸　**saw** [sɔ] aw相連常唸 [ɔ]（saw也是see的過去式）

例外字

　　上述口訣和示範字是常見的發音規則，下列的則是例外的發音。切記，看字母發音例外的很多，最保險、不會唸錯的辦法還是要查字典，用音標拼音。自然發音的規則、口訣，則是供我們了解每個字裡字母的發音結構，以便於唸背單字。

　　譬如：

（1）空氣 air [ɛr]　ai若碰到r，ai常改唸短音的 [ɛ] 而不是 [e]

（2）一雙 pair [pɛr]　ai若碰到r，ai常改唸短音的 [ɛ] 而不是 [e]

（3）笑 laugh [læf] 或 [lɑf]　這裡的au相連，但並不是唸 [ɔ]

牛刀小試

ai唸 [　]　a的音　ay唸 [　] a的音

au相連常唸 [　]　aw相連常唸 [　]

13. 母音口訣（5） MP3-57

ea唸 [i] e的音　ee唸 [i] e的音　ey唸 [i] 或唸 [ɪ]
ew唸 [ju] 很自然　eau也唸 [ju]

示範字

（1）老師 **teacher** [ˈtitʃɚ] ea合在一起常唸字母e的音 [i]，ea
唸 [i] e的音

（2）蜜蜂 **bee** [bi] ee合在一起常唸字母e的音 [i]，ee唸 [i] e的音

（3）鑰匙 **key** [ki] ey唸 [i]，唸字母e的音 [i]

（4）猴子 **monkey** [ˈmʌŋkɪ] ey唸 [ɪ]，唸字母e [i] 的短音 [ɪ]

（5）新聞 **news** [njuz] e可唸ㄧ的音、w可唸ㄨ的音，ew唸
[ju] 很自然

（6）美麗的 **beautiful** [ˈbjutəfəl] ea可唸ㄧ的音、u可唸
ㄨ的音，eau也唸 [ju]

例外字

上述口訣和示範字是常見的發音規則，下列的則是例外的發音。切記，看字母發音例外的很多，最保險、不會唸錯的辦法還是要查字典，用音標拼音。自然發音的規則、口訣，則是供我們了解每個字裡字母的發音結構，以便於唸背單字。

譬如：

（1）耳 ear [ɪr]　ea若接r，ea常改唸短音的 [ɪ]，不是唸長音的 [i]

（2）熊 bear [bɛr]　ea若接r，ea也常改唸拉丁文ㄟ音班短音的 [ɛ]

（3）麵包 bread [brɛd]　ea若接d、k、t，ea也常改唸拉丁文ㄟ音班的 [e] 或 [ɛ]

（4）牛排 steak [stek]　ea若接d、k、t，ea也常改唸拉丁文ㄟ音班的 [e] 或 [ɛ]

（5）很棒 great [gret]　ea若接d、k、t，ea也常改唸拉丁文ㄟ音班的 [e] 或 [ɛ]

（6）啤酒 beer [bɪr]　ee若接r，ee常改唸短音的 [ɪ]，不是長音的 [i]

（7）嘿 hey [he]　ey也可以唸拉丁文ㄟ音班的 [e]

（8）他們 they [ðe]　ey也可以唸拉丁文ㄟ音班的 [e]

牛刀小試

ea唸 [　] e的音　ee唸 [　] e的音　ey唸 [　] 或唸 [　]

ew唸 [　] 很自然　eau也唸 [　]

14. 母音口訣（6） 🎧 MP3-58

oa唸 [o] o的音　oo唸 [u] 或唸 [ʊ]

ou [au]　ow [au]　[au] [au] [au]

o唸 [ɔ]　y唸 [ɪ]　oy唸 [ɔɪ] 看就懂　oi也唸 [ɔɪ]

🈟 第二排 [au] [au] [au] 只是為強調 [au] 的發音加上去的，沒有其他意思。

示範字

（1）路　**road** [rod] oa合起來常唸字母o的音 [o]，a不發音

（2）也、太　**too** [tu] oo常唸 [u] 的音（唸o的尾音ㄨ的音，唸長音）

（3）竹子　**bamboo** [bæm´bu] oo常唸 [u] 的音（唸o的尾音ㄨ的音，唸長音）

（4）書　**book** [bʊk] oo也常唸 [ʊ] 的音（唸o的尾音ㄨ的音，唸短音）

（5）房屋　**house** [haʊs] o可唸ㄚ的音，u可唸ㄨ的音，ou合在一起常唸 [au]

（6）現在　**now** [naʊ] o可唸ㄚ的音，w可唸ㄨ的音，ow合在一起常唸 [au]

（7）男孩　**boy** [bɔɪ] o可唸 [ɔ] 的音，y可唸 [ɪ] 的音，oy常唸 [ɔɪ]

（8）煮沸　**boil** [bɔɪl] o可唸 [ɔ] 的音，i可唸 [ɪ] 的音，oi常唸 [ɔɪ]

例外字

　　上述口訣和示範字是常見的發音規則，下列的則是例外的發音。切記，看字母發音例外的很多，最保險、不會唸錯的辦法還是要查字典，用音標拼音。自然發音的規則、口訣，則是供我們了解每個字裡字母的發音結構，以便於唸背單字。

　　譬如：

（1）窗子 window [ˈwɪndo] 　ow也常只唸o的音 [o]，w不必發音

（2）碗 bowl [bol] 　ow也常只唸o的音 [o]，w不必發音

註 因為o是雙母音ㄡㄨ，w是唸ㄨ的音，已包含在o的音裡面，所以w不必發音，ow只唸字母o的音 [o] 即可。

oa唸 [　] o的音　oo唸 [　] 或唸 [　]

ou [　]　ow [　] [　][　] [　][　]

o唸 [　]　y唸 [　]　oy唸 [　] 看就懂　oi也唸 [　]

15. 母音口訣（7） ⊙ MP3-59

母音若在輕音節，常唸 [ə] 音輕帶過

示範字

（1）七　**seven** [ˈsɛvṇ]=[ˈsɛvən]　後面的母音e在輕音節，
　　　重　輕　　　　　重　輕　　常唸 [ə] 音輕帶過

（2）十一　**eleven** [ɪˈlɛvṇ]=[ɪˈlɛvən]　後面的母音e在輕音
　　　　　重　輕　　　　　重　輕　　節，常唸 [ə] 音輕帶過

（3）學生　**student** [ˈstjudṇt]=[ˈstjudənt]　母音e在輕音
　　　　　重　輕　　　　　　重　輕　　節常唸 [ə] 音
　　　　　　　　　　　　　　　　　　輕帶過

（4）鉛筆　**pencil** [ˈpɛnsḷ]=[ˈpɛnsəl]　母音i在輕音節常唸 [ə] 音
　　　　　重　輕　　　　重　輕　　輕帶過

（5）英俊的　**handsome** [ˈhænsəm]　母音o在輕音節，常
　　　　　重　　　輕　　　　重　輕　　唸 [ə] 音輕帶過

（6）蔬菜　**vegetable** [ˈvɛdʒətəbḷ]　母音a在輕音節，常唸 [ə]
　　　　　重　輕　　　　重　輕　　音輕帶過

（7）山　**mo͡untain** [ˈma͡untn̩]=[ˈma͡untən]
　　　　　　　　重　　輕　　　　　　　　　　重　　輕

母音群ai在輕音節，常唸 [ə] 音輕帶過

註 發母音的字母若在輕音節，常唸 [ə] 音輕帶過，在英文單字中處處可見，如果學
　 會本口訣、知道這個規則，當可更分辨單字的結構，有助唸背。

母音若在（　　）音節，常唸 [　　] 音輕帶過

16. 母音口訣（8） 🎧 MP3-60

儿字群ar、er、ir、or、ur...
重、單音節唸 [ɜ] 輕音節唸 [ɚ]

> 註 儿字群是筆者新創的名詞。所謂儿字群是指a、e、i、o、u加上r後會發出儿音的字群。

示範字

（1）窗簾 **c<u>ur</u>tain** [ˈkɜtn̩]=[ˈkɜtən] ur是儿字群，在重音
重   輕   重輕   節唸 [ɜ]

（2）確定的 **c<u>er</u>tain** [ˈsɜtn̩]=[ˈsɜtən] er是儿字群，在重
重   輕   重輕   音節唸 [ɜ]

（3）工作 **w<u>or</u>k** [wɜk] or是儿字群，在單音節視同重音節唸 [ɜ]
單   單

（4）鳥 **b<u>ir</u>d** [bɜd] ir是儿字群，在單音節視同重音節唸 [ɜ]
單   單

（5）老師 **t<u>ea</u>cher** [ˈtitʃɚ] er是儿字群，在輕音節唸 [ɚ]
重   輕   重輕

（6）醫生 **d<u>o</u>ctor** [ˈdɑktɚ] or是儿字群，在輕音節唸 [ɚ]
重   輕   重   輕

例外字

　　上述口訣和示範字是常見的發音規則，下列的則是例外的發音。切記，看字母發音例外的很多，最保險、不會唸錯的辦法還是要查字典，用音標拼音。自然發音的規則、口訣，則是供我們了解每個字裡字母的發音結構，以便於唸背單字。

　　譬如：

（1）汽車 car [kɑr]　ㄦ字群ar唸 [ɑr]，不唸ㄦ字群的 [ɝ] 或 [ɚ]

（2）照顧 care [kɛr]　ㄦ字群ar唸 [ɛr]，不唸ㄦ字群的 [ɝ] 或 [ɚ]

（3）窮的 poor [pur]　ㄦ字群oor唸 [ur]，不唸ㄦ字群的 [ɝ] 或 [ɚ]

（4）門 door [dor]　ㄦ字群or唸 [or]，不唸ㄦ字群的 [ɝ] 或 [ɚ]

（5）單純的 pure [pjur]　ㄦ字群ur唸 [jur]，不唸ㄦ字群的 [ɝ] 或 [ɚ]

（6）累的 tired [taɪrd]　ㄦ字群ir唸 [aɪr]，不唸ㄦ字群的 [ɝ] 或 [ɚ]

牛刀小試

ㄦ字群ar、er、ir、or、ur...

重、單音節唸 [　] 輕音節唸 [　]

國家圖書館出版品預行編目資料

基礎英語必修 KK音標·自然發音同步速成 修訂二版 / 王忠義 著
--修訂二版--臺北市：瑞蘭國際, 2018.05
160面；17 x 23公分 --（繽紛外語；76）
ISBN：978-986-96207-7-2（平裝）
1.CST：英語 2.CST：音標 3.CST：發音

805.141   107007000

繽紛外語系列 76

基礎英語必修
KK音標·自然發音
同步速成　　修訂二版

作者｜王忠義·責任編輯｜王愿琦、林珊玉、鄧元婷·校對｜王忠義、王愿琦、林珊玉、鄧元婷

英語錄音｜王忠義、李思萱、黃怡馨·中文錄音｜王忠義
錄音室｜不凡數位錄音室、采漾錄音製作有限公司
封面·版型設計｜張芝瑜·內文排版｜帛格有限公司、張芝瑜、陳如琪
美術插畫｜Rebecca、張君瑋

瑞蘭國際出版
董事長｜張暖彗·社長兼總編輯｜王愿琦
編輯部
副總編輯｜葉仲芸·副主編｜潘治婷·副主編｜鄧元婷
設計部主任｜陳如琪
業務部
副理｜楊米琪·組長｜林湲洵·組長｜張毓庭

出版社｜瑞蘭國際有限公司·地址｜台北市大安區安和路一段104號7樓之一
電話｜(02)2700-4625·傳真｜(02)2700-4622·訂購專線｜(02)2700-4625
劃撥帳號｜19914152 瑞蘭國際有限公司·瑞蘭國際網路書城｜www.genki-japan.com.tw

法律顧問｜海灣國際法律事務所　呂錦峯律師

總經銷｜聯合發行股份有限公司·電話｜(02)2917-8022、2917-8042·
傳真｜(02)2915-6275、2915-7212·印刷｜科億印刷股份有限公司
出版日期｜2018年05月初版1刷·定價｜300元·ISBN｜978-986-96207-7-2
　　　　　2022年04月二版1刷